AF128679

Quelques notes préliminaires

J'ai imaginé ce recueil comme une partition composée de notes différentes et complémentaires pour explorer l'érotisme et les plaisirs, comme une ode à l'amour, au sexe, à la complicité et à la sensualité ; ingrédients nécessaires pour un lâcher prise et une exploration de nos sens au service d'une sexualité épanouie. Les personnages sont délibérément peu décrits et anonymes pour que chacun.e puisse s'imaginer vivre ce moment.

J'ai voulu ce recueil illustré pour le plaisir des yeux et de l'imagination. Pour cela je me suis associée à des dessinateurs.rices amateurs au talent incroyable. Je remercie chaleureusement Audrey, Justine, Pauline, Rébbekka, Bontés, Patrice, Pierre et Yoann de leur confiance et de leur participation à ce recueil. Malheureusement la bienséance m'a obligé à flouter les images. Les versions non censurées sont disponibles sur Instagram.

C'est un projet très personnel que j'avais en tête depuis quelques années et dont je suis fière de l'aboutissement. J'espère que vous aurez autant de plaisir à le lire et le partager que j'en ai eu à l'écrire.

Installez-vous confortablement au calme, prévoyez votre jouet et savourez ces quelques notes de plaisir. Belle lecture à vous.

Parcours de la dégustation

1	Le train	p. 1
2	Au bureau	p. 16
3	Le manoir	p. 30
4	La clairière	p. 41
5	Le restaurant	p. 50
6	La boutique de lingerie	p. 63
7	Le cinéma	p. 74
8	L'hôtel	p. 86
9	La découverte	p. 103
10	Le club	p. 116
11	Une gourmandise	p. 126
12	Le séminaire	p. 138
13	La caresse d'une plume	p. 151
14	La douche	p. 162
15	La colocataire	p. 179
16	Le massage	p. 194
17	Les miroirs	p. 207

Illustration de la couverture : @rebbekkamour

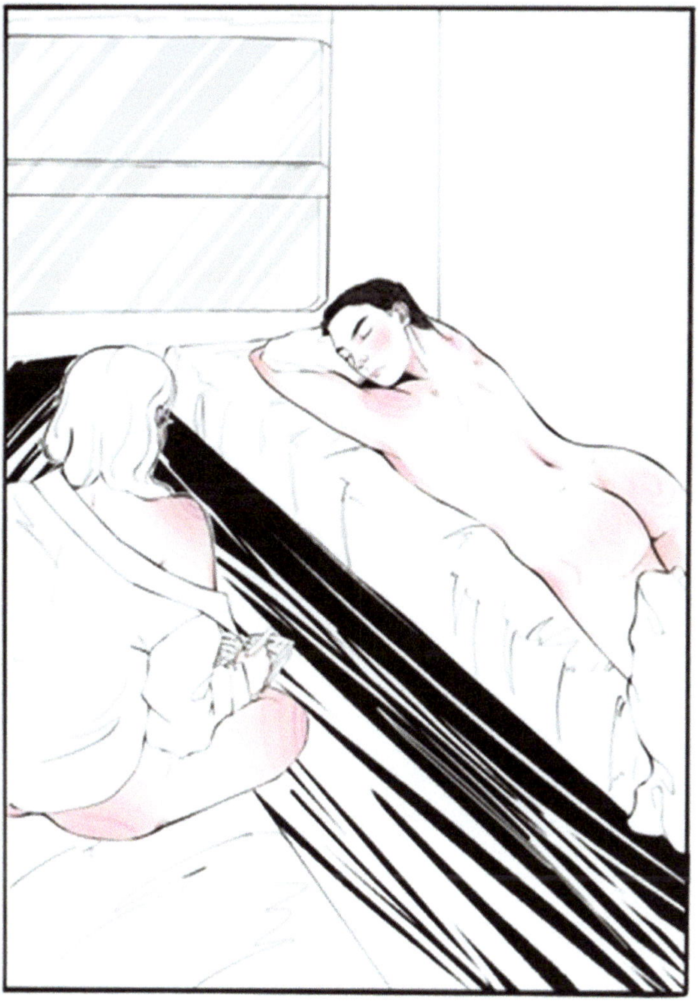

Instagram @Regards_et_desirs

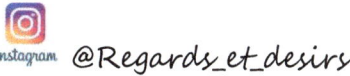

Le Train

Le train

Je suis à la gare, je cherche mon train. Je ne veux surtout pas le louper. Il est 21h30, il part dans quelques minutes. Je le trouve enfin, m'y engouffre. Je cherche le numéro de ma cabine couchette. Cabine 18…18 comme les pompiers, joli clin d'œil en y pensant. Je n'ai jamais été autant excitée et angoissée de prendre le train. Cabine 17, 18. Ca y est ! Je m'apprête à ouvrir la porte, je m'arrête un instant, respire un grand coup et ouvre la porte. La cabine est vide. Je suis à la fois déçue et soulagée. J'entre, referme la porte. Je range ma valise, m'assied sur la banquette lit. Je profite d'être seule pour vérifier ma tenue : un chemisier blanc dont les 4 premiers boutons sont ouverts, laissant apercevoir un peu de peau douce et nacrée, une jupe noire fendue sur le côté, des bas noirs, des chaussures à talon avec une sangle qui remonte sur la cheville. Je vérifie 1, 2, 3, 4 oui les 4 boutons sont bien ouverts. Mes cheveux sont librement détachés dans mon dos. Je ne porte pas de rouge à lèvre mais j'ai glissé une goutte de mon parfum préféré sous chaque oreille et entre mes seins que je vois pointer sous mon chemisier. J'avoue que cette tenue est assez osée mais finalement me met en valeur tout en cachant mes petites imperfections.

Je sursaute à chaque bruit que j'entends dans le couloir. Est-ce lui ? Est-ce cet inconnu avec qui j'ai rendez-vous ce soir ? Je me dis que je suis complètement folle. J'ai discuté sur un site de rencontres coquines avec un inconnu qui m'a raconté son fantasme et m'a demandé de l'aider à le réaliser et j'ai accepté sans même avoir vu de photo de lui, après quelques minutes de discussion seulement. Je ne sais pas avec qui j'ai rendez-vous. Oui c'est ça je suis folle ! Et pourtant je suis là, dans ce train, dans cette cabine, déjà humide entre mes cuisses de ce que je m'apprête à faire. Et s'il ne me plaisait pas physiquement ? Et s'il ne venait pas ? Et je ne lui plaisais pas ? Il n'a pas vu de photo de moi non plus. Et si j'arrêtais toutes ces questions ! Je me suis lancée, je suis ici, je compte profiter de chaque instant et savourer ce fantasme très excitant. Je respire, me calme, rentre mon ventre, lisse ma jupe du plat de la main.

Je vois la poignée de la porte s'abaisser. Nous y sommes. Je ne peux plus reculer. Je me rends compte que je ne le veux pas. La porte s'ouvre. Un homme entre. Je le vois de dos pendant qu'il referme la porte. Il est grand, très grand, les épaules aussi fines et minces que le reste de son corps, brun, les cheveux un peu ondulés. Il a un tout petit cul moulé dans son pantalon...hummm. Je m'emballe déjà ! Et pourtant ce n'est pas le plus bel homme que j'ai rencontré. Mais il est vrai qu'il dégage un petit quelque chose. Il se tourne et voit mon regard sur lui, s'en amuse. Il s'arrête, me soumets au même examen. Je sens son regard chaud remonter doucement sur moi. Cela me procure déjà de belles sensations, fait frissonner ma peau et pointer mes seins à nouveau. Son regard croise le mien. Il a les yeux d'un bleu incroyable, presque gris. Son regard est gourmand et animal à la fois. Il me procure des frissons dans toute la colonne vertébrale. Sa bouche est entrouverte, ses lèvres…je les imagine sur moi. J'ai envie de lui. Je ne sais toujours rien de lui mais j'ai envie de ses baisers que je devine intenses. Il range sa valise, me laissant admirer son cul et son dos fin mais que je sens dur. Il enlève sa veste, découvrant une chemise en jeans à pressions, ultra-cintrée sur ton torse aussi appétissant que son dos. Sa chemise est tendue sur sa peau. Les premiers boutons sont ouverts laissant apercevoir un peu de peau et une petite touffe de poils. J'ai juste envie de lui arracher sa chemise là. Comment peut-il me faire autant d'effet ? Puis il vient s'asseoir face à moi. Il croise ses longues jambes. Je ne le quitte pas des yeux. Je vois son regard posé sur mes jambes. Le train démarre doucement. Le voyage pour la nuit commence.

C'est à moi d'entrer en piste et de démarrer son fantasme. Je croise les jambes alors de manière sexy en remontant haut ma jambe pour qu'il puisse voir un peu de mes bas dépasser. Je me sens sexy et sûre de moi sous son regard. Je pose ma main sur une jambe, la fait remonter doucement. Je vois ses yeux suivre ma main. Je continue de faire monter ma main sur mes bas doux vers la fente de ma jupe, je caresse mes bas, remonte juste au-dessus, caresse ma peau qui frissonne, remonte encore sur le bas de mon chemisier. Mon regard ne le quitte pas. Son regard est posé sur ma main. Je sens la chaleur de son désir sur ma main, cette chaleur qui me guide dans le parcours de mon corps. Je suis la ligne de mes boutons, arrive au 1er bouton ouvert. Ma main se pose sur ma peau. Je fais courir le bout de mes doigts frais sur ma peau fiévreuse. Ces caresses me font déjà doucement gémir. Le bout de mes doigts poursuit sa progression, je remonte vers mon cou, ma nuque, mon lobe d'oreille, reviens vers mon visage. Je passe un doigt sur mes lèvres entrouvertes, je caresse mon doigt du bout de ma langue. Je le vois qui suit ce doigt de son regard intense. C'est terriblement excitant. Mon doigt descend à nouveau sur mon cou et se dirige vers un sein. A travers le chemisier juste en le frôlant je fais pointer un sein qui tend le tissu. Je fais de même avec le deuxième sein. Avec ma deuxième main je me caresse au niveau de la fente de ma jupe. Je m'enhardis dans mes caresses, je fais tomber mes chaussures et je pose alors un pied sur son pantalon. Je fais remonter mon pied doucement sur sa jambe jusqu'à arriver à son entrejambe que je caresse du bout des orteils. Je le sens déjà gonflé et dur sous mon pied. Je continue de lui prodiguer des caresses du bout de mes orteils.

Tout à coup la porte s'ouvre. Nous reprenons vite nos esprits. Je suis toute rouge. Le contrôleur me regarde, pose son regard sur ma jupe remontée qui laisse voir mes bas, sur mes seins qui pointent sous mon chemisier, sur la bosse sous le pantalon de mon inconnu qui s'amuse de mon trouble. Il contrôle nos billets puis s'en va en me jetant un dernier regard excité. Etre regardée ainsi est tellement stimulant et affreusement honteux à la fois. Je lui rends néanmoins ce regard tout en posant ma main sur ma peau, là où mon chemisier est ouvert.

Lorsque la porte se referme, je me retourne, mon inconnu est assis à côté de moi. Il pose sa main sur ma cuisse, me caresse à travers mes bas, passe sous ma jupe, remonte sa main pour me caresser juste là où mes bas s'arrêtent. Le bout de son pouce caresse ma peau. Ce simple contact m'embrase un peu plus. Sous la chaleur de sa peau, je ne peux retenir un gémissement. Sa main poursuit ses caresses sur le haut de mes cuisses. Sa main remonte ensuite sur mon chemisier, vient jouer avec mon téton gauche qui tend mon chemisier. Il le caresse, le fait pointer un peu plus, le pince. C'est tellement bon.

Je le regarde faire, mes yeux sur sa main qui joue avec mon sein. Il lève mon visage vers lui pour que nos regards ne se lâchent plus. Il passe sa main sur ma peau, remonte vers mon cou, passe dans mes cheveux, redescend jouer avec mon oreille. Son pouce se dirige vers ma bouche qui s'ouvre, ma langue veut le goûter. Sa peau est légèrement salée. Il enfonce un peu plus son pouce dans ma bouche. Ma langue joue avec, s'enroule autour.

Son regard intense sur moi m'enhardit et me stimule. Je me sens tellement désirable dans ses yeux. Mon corps est tendu de désir. Son pouce mouillé de ma salive redescend sur ma peau. Il ouvre mon chemisier bouton après bouton, son regard ne quittant pas le mien. Il ouvre en grand mon chemisier, découvrant mes seins tendus, il enlève mon chemisier. Ses mains se posent en coupe sur mes seins, les caressent, ses pouces s'enfoncent sur mes tétons. Sa bouche s'approche de moi. Je vais enfin goûter ses lèvres. Il n'est plus qu'à quelques millimètres de ma bouche, je m'approche de lui, je ne tiens plus. Au dernier instant, il m'embrasse au coin des lèvres. Ce simple baiser chaste augmente encore un peu plus mon désir pour lui. Il sourit, joue avec moi. Il continue de m'embrasser partout sur le visage. Il vient ensuite embrasser le lobe de mon oreille, tirer dessus avec ses dents, lécher mon oreille. Je ne suis plus que frissons. J'entends tout à coup sa voie juste au creux de mon oreille me chuchoter :

- J'ai très envie de toi charmante inconnue. Je vais te déguster lentement jusqu'à ce que tu me supplie de te prendre.

Ces mots et cette voix si grave, si chaude, me procurent une décharge électrique dans tout le corps, je gémis, me mordille la lèvre. Mon regard se fait encore plus fiévreux.

J'ai besoin qu'il m'embrasse là maintenant. Mais ses lèvres reprennent leur chemin sur mon cou, mon oreille, mes joues, mon front, mon nez. Il se recule légèrement, me regarde, puis vient enfin poser ses lèvres sur les miennes doucement, puis un peu plus fort. Ses lèvres ne quittent pas les miennes, Elles sont si douces si gourmandes. Je lui rends son baiser, ma langue vient chercher la sienne. Notre baiser se fait langoureux, intense, affamé, animal. Sa main passe dans mes cheveux. Lorsque ce baiser prends fin, nous reprenons notre souffle un instant. Sa main descend à nouveau vers mes seins. Il s'amuse à les faire pointer, faire rouler les tétons entres ses doigts. Ils se tendent immédiatement sous ses caresses. Sa bouche vient vers un sein, le lèche de grands coups de langue, puis il embrasse le téton et partout autour. Sa langue vient jouer avec mon téton si dur, il le mordille. Son autre main s'amuse avec mon deuxième sein, titille mon téton, le pince légèrement puis plus durement. Je passe ma main dans ses cheveux pour l'inciter à continuer. Je descends sur son dos, le caresse.

Sa bouche descend sur mon ventre, mes hanches. Il vient s'agenouiller devant moi. Il attrape un de mes pieds dans ses mains, pose des baisers dessus, remonte ma cuisse ainsi en semant des baisers doux et affamés. Il arrive juste au-dessus des bas, lèche ma peau. Il fait de même avec mon autre jambe. Il me lève. Je suis debout devant lui agenouillé. Il fait descendre ma jupe en me regardant dans les yeux. Je ne peux m'empêcher de rentrer le ventre, alors il pose sa main dessus et l'embrasse. Sa douceur me touche. Puis il lève mes pieds l'un après l'autre pour enlever complètement ma jupe. Son regard gourmand se pose sur moi, sur ma peau, remonte vers ma toison. Je ne porte rien d'autres que mes bas. Je suis là devant lui et me sens tellement sexy dans son regard plein de douceur et de respect. Sa bouche se pose sur ma peau juste au-dessus de mes bas. Il lèche ma peau jusque vers mes hanches. Ses mains se posent sur l'arrière de mes cuisses, remontent vers mes fesses qu'il caresse. J'écarte légèrement mes jambes pour que sa langue puisse venir plus près. Il m'embrasse sur ma toison, descends vers mon clito qu'il lèche du bout de la langue. Ce contact me fait gémir. Sa langue continue de le caresser, Il le sens durcir, m'entends gémir.

Il me tourne et me fait me pencher en avant. Il prend le temps d'admirer la vue qu'il a sur mon intimité toute humide. Il me dit :

- Quelle vue magnifique. Ta petite chatte est tellement sexy.

Sa voix me rend folle. Il pose sa bouche sur le haut de mes cuisses remonte embrasser mes fesses. Il écarte mes jambes. Je sens tout à coup un grand coup de langue de mon clito jusque vers mon petit trou. C'est tellement excitant. Ses mains sur mes fesses, les caressent. Il continue ses caresses de sa langue de plus en plus vite, de plus en plus gourmandes. Sa langue s'attarde sur mon clito, vient lécher le côté de mes lèvres. Il attrape mes lèvres entre ses dents, les titilles, sa langue écarte mes lèvres, se faufile un chemin entre elles. Je sens sa langue s'immiscer en moi. Que c'est bon. Je ne peux m'empêcher de gémir. Sa langue me fouille, me caresse à l'intérieur. Il se régale de mon goût, de ma mouille. Sa langue se fait insistante, gourmande. Je sens un doigt venir me caresser sur le côté de mes lèvres, jouer avec mon clito. Il s'approche de mon vagin, et s'y insère doucement, profondément. Hummmmmm. Encore. Ce doigt ressort, me caresse puis revient. Il continue de jouer ainsi avec mon envie. Un doigt... deux doigts... trois doigts... je sens un orgasme arriver. Il continue de me prendre avec ses doigts. Il accélère le rythme pour faire venir cet orgasme qui monte. Je Jouie tout en gémissant fortement. Ce premier orgasme me fait mouiller terriblement. Il pose sa bouche entre mes lèvres pour recevoir ma jouissance et s'en régaler. Il me retourne, m'assied sur la banquette lit, vient m'embrasser. Il a encore ma jouissance dans sa bouche. Ce baiser est incroyable. C'est bon de me gouter entre ses lèvres.

Je le recule, le fais asseoir sur sa banquette, le regarde et j'ouvre d'un coup cette chemise. Je découvre son torse. La petite touffe de poils juste en haut de son torse que j'avais vu en arrivant attire mes mains. Je les caresse puis mes mains partent à la découverte de sa peau. Je caresse ses épaules, fait tomber sa chemise, je remonte le bout de mes doigts sur ses bras, ses épaules, descend sur son torse velu, descend vers son nombril, son pubis. Je descends encore vers cette bosse que je vois à travers son pantalon. Je le sens tout dur sous mes doigts. Je le caresse et ouvre sa ceinture et son pantalon. Je m'aperçois qu'il ne porte rien dessous. Je le regarde avec un sourire, me mord les lèvres. Je fais descendre son pantalon sur ses chevilles, l'enlève. Son sexe est là juste devant moi, dressé fièrement. Je prends quelques instants pour l'observer, l'admirer. Il est plutôt court, légèrement courbé vers le haut, sa verge toute fine est encore cachée sous la peau et ses bourses sont toutes petites avec la peau granuleuse. Puis je pose mes doigts sur ses bourses, les masse, les caresse. Mes doigts remontent sur sa queue. Elle est à la fois dure comme de la pierre et sa peau si douce. Je suis le chemin d'une veine qui parcourt sa queue. Je caresse sa collerette, vient découvrir sa verge qui perle. J'étale ces goutes sur sa verge. Je la prends à pleines mains, fais des vas et viens, le branle. Je vois qu'il aime ça. Son regard ne quitte pas ma main sur son sexe. J'ai envie de le goûter. Je l'embrasse sur ses cuisses, ma main toujours sur son sexe, ma bouche remonte ses cuisses, ses hanches, son pubis. Puis je donne un grand coup de langue de ses bourses jusqu'à sa verge. Je recommence plusieurs fois. Son sexe est un délice. Je viens embrasser ses bourses, jouer avec, les aspirer, les prendre dans ma bouche. Je l'entends gémir. Je continue de plus belle. Ma bouche remonte sur le côté de sa queue. Je la lèche, l'embrasse, l'humidifie. Ma langue danse dessus. Je remonte encore un peu, joue avec sa collerette, le bout de ma langue en fait le tour, je m'arrête sur son frein, le déguste. Je l'entends gémir à nouveau. Je continue de jouer avec son frein comme il aime. Puis je vois quelques perles de plaisir au bout de sa verge. Je viens poser ma langue dessus pour les gouter. Quel délice. Il est très salé. J'aime ce goût. Je fais entrer sa verge puis sa queue dans ma bouche doucement, profondément en le regardant dans les yeux. Je le vois y prendre du plaisir. Il gémit, ses yeux se ferment, ses mains s'agrippent au tissu de la banquette. Je le garde en bouche, humidifie sa queue, joue avec ma langue sur lui. Je le suce avec gourmandise. Mes mains se posent sur ses bourses et jouent avec. Il est si dur dans ma bouche. Ses gémissements m'excitent. Je veux plus.

Alors je me lève, le capote et vient m'asseoir au-dessus de lui. Je passe une jambe de chaque côté de de ses hanches. Je passe mes mains dans ses cheveux, sur son visage, l'embrasse à pleine bouche. Je suis juste au-dessus de lui. Je joue avec sa queue juste à l'entrée de moi. Il me sent toute humide. Il veut me prendre. Je lui fais signe que non, j'imprime le rythme. Juste je le fais patienter là, me caresser mon clito et mes lèvres de son sexe si dur qui me mouille un peu plus. Nos regards ne se quittent pas. Nos mains ne quittent pas la peau de l'autre. Tout à coup il me sent descendre sur lui, son sexe entre en moi. Je m'empale sur lui jusqu'à la garde. Nous gémissons sous ce plaisir. Enfin il est en moi, enfin je le sens juste là. Je bouge mes hanches sur lui pour faire des vas et viens, le sentir en moi. Il pose ses mains sur mes hanches, accompagne le rythme. Nous bougeons ensemble, prenons beaucoup de plaisir. Nos corps s'apprivoisent, son sexe me fait tellement de bien. Il me soulève dans ses bras, se lève et me plaque contre la porte de notre cabine. Il est toujours en moi. Avec ses hanches il bouge en moi, me donne des coups de reins puissants. Je m'accroche à lui. Je sens sa queue dans mon sexe trempé. Il continue de me donner tellement de plaisir. Sa queue fait des allers et venues en moi. Je ne suis que gémissements.

Il m'allonge ensuite sur le lit, sur le ventre, vient sur moi, m'embrasse le dos, le cou. Il s'allonge sur moi, je sens son poids contre mon dos, j'aime ça. Je le sens à nouveau entrer en moi. Ma chatte aspire sa queue en elle. Il passe une main sous mon ventre et recommence à me donner des coups de reins. Son souffle contre mon oreille me fait frissonner. Je sens un nouvel orgasme arriver. Je le sens de plus en plus excité. J'ondule sous lui pour qu'il me sente encore plus. Il accélère le rythme de ses coups de rein qui deviennent puissants, intenses. Sa queue en moi est si dure de désir. Nous ne pouvons retenir cet orgasme qui nous submerge. Nous explosons de plaisir dans des râles de bonheur. Il se laisse aller contre moi, m'embrasse dans le cou. Je sens les battements de son cœur contre moi. Il vient se poser à côté de moi, me regarde dans les yeux, caresse mes cheveux. Il me dit que ce moment était encore plus fou que le fantasme qu'il avait imaginé. Il me remercie de l'avoir aidé à le rendre réel. Je lui réponds que j'ai passé un moment délicieux et lui dis qu'il n'est pas fini. Il me sourit. Nous nous posons dans les bras de l'autre, nous assoupissant quelques instants, reprendre un peu de force avant que nos corps ne réclament à nouveau le corps de l'autre.

Au petit matin, je me réveille dans ses bras. Quelle nuit nous avons passé. Je ne connais toujours pas son nom ni rien de sa vie mais je connais maintenant son corps et chaque parcelle de sa peau que j'exploré toute la nuit. Il connait de moi aussi uniquement mon corps qu'il a fait jouir encore et encore cette nuit. J'ai même cru apercevoir une ombre une fois ou deux derrière le rideau de la porte. Je me lève doucement. Il est couché sur le ventre, un sourire aux lèvres, le drap est descendu sur ses jambes, dévoilant ce dos doux et ce petit cul incroyable que j'ai adoré embrasser. Je m'assois sur la deuxième banquette, sors mon cahier qui ne me quitte jamais et commence à écrire ce que je viens de vivre. Au moment où j'écris ces lignes je sens ses doigts me fouiller à nouveau...

Au Bureau

Au bureau

Depuis quelques semaines, à mon travail, un intervenant extérieur est présent nous aider sur un projet particulier. Et depuis quelques semaines, il hante mes nuits et me laisse trempée et excitée au possible au réveil. Il faut dire qu'il dégage une virilité de fou, à la manière d'un viking. Du haut de mon petit 1.58 m je le trouve immense avec son grand 1.90 m minimum. Il porte des chemises cintrées sur son torse musclé et carré de folie et ses pantalons laissent deviner des cuisses puissantes. Je rêve de passer la main dans ses cheveux bruns longs qu'il porte noués au quotidien. Chaque jour il porte une cravate...dont je rêve qu'il se serve pour m'attacher à son bureau. Et il a une brosse barbe bien fournie brune parsemée de poils roux...Je rêve de sa tête entre mes cuisses, sa barbe me chatouillant délicieusement. Je m'imagine sous ses coups de reins puissants, je m'imagine prise en levrette par lui. Et mon dieu, c'est chaud !! Je sens que je ne lui suis pas indifférente mais les semaines passent et il ne m'approche toujours pas. J'ai décidé de prendre les choses en main...pour pouvoir le prendre en main. Aujourd'hui, il y a une grosse réunion de travail dans mon entreprise. Nous travaillons par petits groupes sur des projets dont il nous a distribué la trame. Quand il m'a tendu son document, je lui ai fait un regard dont j'ai le secret et qui rend les hommes fous. Il a marqué un temps d'arrêt, surpris de mon audace et m'a rendu un sourire qui m'a fait mouiller ma culotte immédiatement. Il fait partie de notre groupe de travail, et nous échangeons des regards lors de cette première partie de journée. Une pause est organisée pendant laquelle de petits groupes se forment pour discuter. Il se retrouve dans un groupe à côté du mien et nous sommes dos à dos. Nous nous touchons presque, je sens ses muscles contre moi et je n'arrive pas à suivre la discussion de mon groupe. J'ai l'impression de le sentir se rapprocher un peu plus contre moi. Il y a une telle tension sexuelle en moi. Il doit me succomber aujourd'hui.

Son téléphone sonne, mon directeur me demande de l'accompagner pour qu'il puisse s'isoler dans un bureau pour répondre. Je marche devant lui, ondulant mes fesses, je sais qu'il n'en perd pas une miette, il n'arrive pas à suivre sa conversation. J'ouvre la porte d'un bureau, le laisse entrer, referme la porte derrière moi. Je me plaque contre la porte, le regarde dans les yeux tout en passant ma langue sur mes lèvres. Je le vois marquer un temps d'arrêt. Ma langue poursuit la caresse de mes lèvres, lentement. Je lui souris. Il raccroche, et en deux enjambées il est devant moi. Son corps lourd plaqué contre moi, son immense main plaquée sur la porte à quelques millimètres de mon visage. Un immense désir s'empare de moi, il voit mes yeux s'embraser directement. Il m'embrasse alors à pleine bouche, presque violemment en attrapant mon menton avec son autre main. Je lui rends ce baiser dur et viril. Sa bouche descend dans mon cou et ce simple baiser me fait frissonner jusque dans les orteils. Enfin je le sens contre moi et pas que dans mon rêve. Sa main attrape mes poignets et les plaque au-dessus de ma tête contre la porte. Son autre main caresse mes seins qui pointent à travers mon haut, sa main descend sur mes hanches, remonte mes collants. Quand il sent que je porte des bas, son regard se fait encore plus fiévreux. Je gémis sous ses caresses.

Nous entendons alors le directeur dire que le travail va reprendre. Il m'embrasse à nouveau à pleine bouche, puis me lâche, ouvre la porte et file, me laissant là toute tremblante. Il n'y a eu que deux baisers et je suis dans un état d'excitation comme je n'avais pas connu depuis longtemps. Je respire, me reprends et retourne à notre réunion que nous passons à nous regarder. Il y a tellement de désir dans son regard que je ne peux plus suivre le travail. La pause déjeuner arrive. Nous nous retrouvons assis face l'un à l'autre. Je décide de reprendre un peu le pouvoir de ce jeu. Je fais remonter mon pied le long de sa jambe doucement jusqu'à atteindre son entrejambe que je devine gonflé et dur comme du marbre sous mon pied. Dans ses yeux, il y a un brasier…Je n'ai qu'une envie, grimper sur la table et qu'il me prenne là maintenant. Mais nous ne sommes pas seuls, et je suis à mon travail avec mon directeur quelques sièges plus loin. Je me contente donc de le caresser au travers de son pantalon pour l'exciter *davantage. Tout à coup je sens sa main sur mon pied. Le bout de ses doigts caresse ma peau à travers mon bas. De sa main il appuie mon pied sur son sexe. Ces caresses sont à peine un frôlement et me rendent folle. Ses doigts électrisent ma peau. Je me sens à deux doigts de jouir là maintenant juste avec ses caresses et son sexe dur contre mon pied. Je dois me reprendre. Je respire un grand coup, enlève mon pied à regret avant de perdre pied. Il me regarde avec un sourire narquois, fier de m'avoir déstabilisée. Mais la partie n'est pas encore finie.*

Après le repas, tout le monde sort de table pour un café / cigarette avant de reprendre la réunion. Je retourne à mon bureau, préparer les documents pour l'après-midi. Tout à coup, je sens deux mains contre mes hanches. Je me retourne, il est là plaqué contre moi. Il me dit que je ne perds rien pour attendre et qu'il a besoin d'un encouragement pour tenir toute l'après-midi. Il se baisse alors, relève ma jupe et découvre mon petit cul moulé dans un petit string minuscule juste au-dessus de mes bas. « Délicieuse vue Mademoiselle » me dit-il. Il en écarte la ficelle qui est toute trempée. Et sa langue vient me lécher de suite sur ma petite chatte déjà toute excitée. Sa langue est magistrale, à la fois douce, gourmande, virile, généreuse et affamée. Son cuni est un délice. Je ne peux m'empêcher de gémir. Je sens sa grosse barbe sur mes cuisses, cela m'excite encore plus. Ses mains me tiennent toujours par les hanches pour me plaquer contre mon bureau. Mes lèvres sont toutes ouvertes, elles l'aspirent en elles, je le sens s'immiscer dans ma chatte. C'est un délice. Sa langue remonte un peu et vient lécher mon petit trou. Il me donne de grands coups de langue. Je fonds. Je veux plus. Au moment où je me retourne pour l'embrasser nous entendons du bruit dans le couloir. Nous reprenons contenance. Il me glisse à l'oreille « la suite au prochain épisode délicieuse petite chatte, je vais me délecter de ton goût en bouche toute l'après-midi ». Je lui réponds que j'espère qu'il bandera douloureusement. Nous retournons en réunion. Les groupes ont changés, nous ne sommes plus ensemble mais je le vois dans le groupe d'à côté. Il surprend mon regard, et porte alors son pouce à sa bouche avec un clin d'œil. Je mouille à nouveau instantanément.

L'après-midi se poursuit. La réunion se termine enfin. Je ne rêve que d'une chose qu'il me prenne sur mon bureau comme un viking. Mais mon directeur m'interpelle pour voir un dossier ensemble. Lorsque nous avons fini, tout le monde est parti même mon sexy viking. Je rentre chez moi m'apprêtant à vivre une nouvelle nuit bouillante mais seule et frustrante. Dans les jours qui suivent nous ne faisons que nous croiser mais nos regards en disent longs sur notre faim de l'autre.

Un jour enfin le rythme se calme. Beaucoup de collègues sont partis à un congrès dont mon directeur. Je vais pouvoir souffler et aller rendre une petite visite à mon sexy viking. Lorsqu'il arrive à son bureau, il découvre un mail de ma part lui disant de regarder dans son tiroir de bureau, je lui ai laissé un petit cadeau….un délicieux morceau de dentelle…ma culotte. Je l'imagine la portant à son nez pour me humer et se délecter de l'odeur de mon intimité. J'imagine son sexe se durcir immédiatement et lui se caressant en pensant à moi.

En début d'après-midi, je viens dans son bureau sous prétexte de travailler sur un dossier. Je referme la porte derrière moi, le regarde de mes yeux de braise. Son regard brulant me fait fondre direct. Il a dénoué légèrement sa cravate et retroussé ses manches sur ses bras poilus et noueux. Je veux sur moi ses avants bras bronzés et puissants. Je m'approche de son bureau, m'assois en face de lui, croise mes jambes haut devant lui. Nous commençons à parler de ce dossier. Puis il me demande de m'approcher pour me montrer quelque chose à l'ordinateur. Je m'exécute, frôle de ma main ses épaules au passage, je le sens se tendre aussitôt. Je viens juste à côté de son fauteuil, me penche vers l'ordinateur et ce qu'il veut me montrer. Nos regards se croisent dans l'écran de l'ordinateur. Je sens alors sa main remonter sur mes cuisses encore et encore. Sa main vient alors sur la bordure de mes bas qu'il prend le temps de caresser, puis elle continue son chemin vers l'intérieur de mes cuisses. Quand il arrive à mon entrejambe pour vérifier je ne porte pas de culotte, je serre mes cuisses avant que mon index ne s'insinue entre mes lèvres.

Je me tourne alors, recule un peu son fauteuil, écarte ses jambes et vient m'agenouiller entre elles. Je ne quitte pas son regard qui s'enflamme. Je fais remonter mes mains jusqu'à sa braguette qui est gonflée par son sexe à l'étroit dans son pantalon. Je caresse sa bosse à travers le tissu. Je sens un sexe dur et long comme j'aime un sexe qui ne demande qu'à être englouti dans ma bouche. J'enlève sa ceinture, j'ouvre sa braguette et baisse son boxer. Je passe ma main à l'intérieur pour sortir son sexe et ses bourses que je vois enfin. La vue est sublime. Il est là juste devant moi, dressé fièrement. Je suis des yeux les veines qui le parcourt jusqu'à sa collerette parfaitement dessinée. Ses bourses sont lourdes, riches d'une promesse de plaisir immense. Je pose le bout d'un doigt sur son sexe, le parcourt de ses bourses jusqu'au sommet de sa verge encore cachée dans sa bulle. Je n'y tiens plus, je veux voir sa verge. Alors je fais coulisser sa peau pour la découvrir. Elle est magnifique, dessinée à la perfection, à la fois douce et ferme. Une goutte perle tout au bout. Je passe le doigt sur cette goutte et le porte à ma bouche. Je déguste ce premier plaisir en le regardant dans les yeux. Son regard est fiévreux. Je le prends alors à pleine main, le surprenant. Son sourire se fait carnassier. Je commence à le branler de plus en plus vite. Je masse également ses bourses. Je vois qu'il aime ça. Alors je pose ma bouche sur elles pour les lécher et les aspirer. Il pose ta tête en arrière sur son fauteuil, ferme les yeux et gémis sous ma langue. Ma bouche remonte sur son sexe. J'aime son goût dans ma bouche. J'aime la sensation de sa peau dure. Je l'enroule de ma langue de tout son long, lui donne de grands coups de langue. Lorsque j'arrive à sa verge, je m'arrête un instant, pose ma bouche dessus avant de l'ouvrir et le faire entrer pour le gober entièrement. Je commence alors à le pomper doucement puis avec de plus en plus de gourmandise.

Tout à coup quelqu'un frappe à sa porte, il avance son fauteuil rapidement, je me retrouve coincée sous son bureau. Un collègue vient lui parler, s'installe face à lui. Ils discutent travail, je me fais toute petite. Puis le collègue lui parle des femmes de l'entreprise, lui demande s'il aimerait en baiser une. Il lui parle de moi, lui dit comme il me trouve sexy et comme il aimerait me prendre en levrette en salle de réunion. Mon sexy viking répond qu'il m'a à peine regardée. Ah oui, vraiment...Je décide alors de jouer avec lui. Je repose ma bouche sur son sexe pour le gober. Je le sens se tendre immédiatement. Je le suce doucement mais avec application. Il ne peut rien faire. Le collègue parlant toujours de la façon dont il me baiserait bien... Ce collègue ne me plait pas du tout mais s'il savait ce que je suis en train de faire... Je ne lâche pas la queue de mon viking. Je sens sa main qui essaie de me repousser. Je pose alors ma bouche sur ses bourses et les tète. Je l'entends respirer profondément. Il finit par dire au collègue qu'il a plein de travail. Le collègue sort de son bureau. Mon viking recule son siège, m'attrape par les bras, me pose sur son bureau et me dit :

- ma petite salope, je vais te prendre là maintenant contre mon bureau pour m'avoir excité à ce point.

Le téléphone sonne à ce moment. J'en profite pour m'éclipser. Tout à coup, j'ai envie de jouer avec lui et faire durer le plaisir.

Plus tard dans la salle de pause je suis assise dans un canapé en train de prendre un thé avec des collègues quand il y entre. Je vois son regard remonter sur mes jambes et c'est comme s'il me caressait. Pendant qu'il se sert un café je croise mes jambes innocemment. Nous passons cette fin de journée à nous croiser et à chaque fois nos yeux ont la même faim.

Le lendemain, je reste tard pour travailler. Je vois les collègues quitter l'entreprise les uns après les autres. Je suis à mon bureau, en train de frapper un compte rendu à l'ordinateur. Tout à coup ma messagerie m'avertit de l'arrivée d'un nouveau mail. Mon viking me convoque dans son bureau pour récupérer ce que je lui avais laissé. Je vérifie que me tenue est sexy, déboutonne deux boutons de mon chemisier, enlève ma culotte et file le retrouver. Je frappe à sa porte, entre, referme derrière moi. Je le regarde et le désir que je lis en lui fini de m'exciter.

Je m'approche de son bureau, tout près de lui. Il pousse les documents qui se trouve devant lui, m'attrape par la taille et m'assoie devant lui. J'écarte mes jambes pour poser un pied sur chacun de ses accoudoirs, j'attire son fauteuil tout près de moi. Il me dit :

- ma sexy petite chatte je vais te prendre ici et maintenant.

Ces mots, sa voix me rendent dingues. Je remonte ma jupe pour découvrir mes bas et plus encore.

- Ma petite chatte se languit de tes doigts et de ta langue.

Je pose mes doigts sur mon clito et me caresse devant lui. Mon autre main passe dans l'échancrure de mon chemisier, descend sur un sein que je caresse. Il me laisse faire et me regarde. Au bout de quelques minutes, il attrape mes doigts et les porte à sa bouche pour les sucer. Ce simple contact me fait gémir. Il pose alors mes mains de chaque côté de mes cuisses et ses doigts remplacent les miens sur moi, en moi. Très vite je le sens me pénétrer avec eux. Un doigt, puis deux, puis trois. Ses vas et vient en moi profond, intenses me remplissent de plaisir. Je suis submergée par les sensations qu'il me procure et déjà un orgasme arrive. Je ne le contiens, pas, j'explose. Il me sent me tendre autour de ses doigts et couler entre ses jambes. Il me caresse plus intensément avec ses doigts qui clapotent sur ma chatte trempée puis il les porte à ma bouche et m'embrasse autour d'eux. Nous me goutons et nous embrassons à la fois. Il déboutonne mon chemisier et sort un sein de mon soutien-gorge pour le téter et le mordiller pendant que son doigt redescend s'insinuer à nouveau en moi.

Il enfouie alors sa tête entre mes cuisses et sa langue rejoint ses doigts pour me faire chavirer à nouveau. Sa bouche lape mon bourgeon, le suce, le lèche sans relâche. Ses doigts sont toujours en moi. Ils me fouillent avec force et j'aime ce qu'ils me font vivre. Sa bouche gourmande et exigeante me rend folle. Je sens un nouvel orgasme arriver. Il le sent venir aussi et augmente ses coups de langue et de doigts en moi. Il ne me lâche pas tant que je n'ai pas jouie. Mon plaisir coule alors entre ses doigts. C'est tellement bon. Mais j'en veux plus. Je le veux lui. Je veux le sentir. Je veux sa queue en moi.

Un désir sombre, puissant, impérieux m'envahie.

- Baise-moi !

Son regard est aussi habité par le désir que le mien. Il descend mes pieds de son fauteuil, me retourne et me penche sur son bureau. Il relève ma jupe. Ses mains écartent mes fesses et je sens sa langue venir me fouiller à nouveau. Il me donne de grands coups de langue jusque sur mon petit trou qu'il déguste. Je ne suis que gémissements et impatience qu'il me prenne enfin. Je l'entends fouiller dans son tiroir, il se lève, se capote et sans plus attendre m'enfonce sa queue d'un puissant coup de rein. Je crie sous la surprise. Que c'est bon de le sentir enfin en moi. Je suis tellement humide qu'il glisse tout seul en moi. Il me donne de gros coups de rein, s'enfonçant chaque fois un peu plus. Je sens ses bourses taper contre moi, son bassin taper contre mes fesses et j'aime cette puissance. Ses mains agrippent mes hanches.

- Tu aimes que je te baise ?
- Oh que oui ! Encore !!.

Il ressort de ma chatte, joues avec sa queue contre mon clito, mes lèvres, je le sens venir jusqu'à l'entrée de mon petit trou.
- Je veux te baiser de partout. Me dit-il
J'avance un peu plus mes fesses contre sa queue pour lui faire comprendre que j'ai envie de lui ici aussi.

Sa queue me caresse entre les fesses avant de se poser juste à l'entrée. D'un coup de rein je le fais entrer doucement en moi. Progressivement sa queue prend possession de mon petit cul. Je le sens aller et venir en moi. J'aime ce qu'il me fait. Je passe un doigt sur mon clito pour me caresser en même temps. Il attrape mes seins, les sors de mon soutien-gorge pour les caresser, les pincer. Il m'entend gémir de plus belle. Il poursuit alors ces pincements qui me rendent folle. Sa queue me remplit et ses mains et mon doigt me transportent loin. Je le sens aussi submerger par le plaisir. J'accompagne alors ces coups de rein pour le pousser dans son plaisir.

Je veux le sentir exploser aussi. Le rythme devient fou, nos gémissements deviennent cris jusqu'à l'explosion de notre plaisir.

Il sort de moi, me retourne, attrape mon visage entre ses mains, m'embrasse délicatement.

- Mademoiselle votre compte rendu était parfait. Me fait-il avec un sourire à croquer.

Il m'attire ensuite à lui pour me câliner doucement.

Nous nous posons ainsi un moment. Puis je lui dis combien j'ai mouillé mes draps en rêvant de lui ces dernières nuits. Il me demande de lui raconter. Je lui parle notamment de la façon dont on occupait la salle de réunion voisine. Je vois le désir flamber à nouveau dans son regard, il me prend par la main et m'entraine vers la salle de réunion...

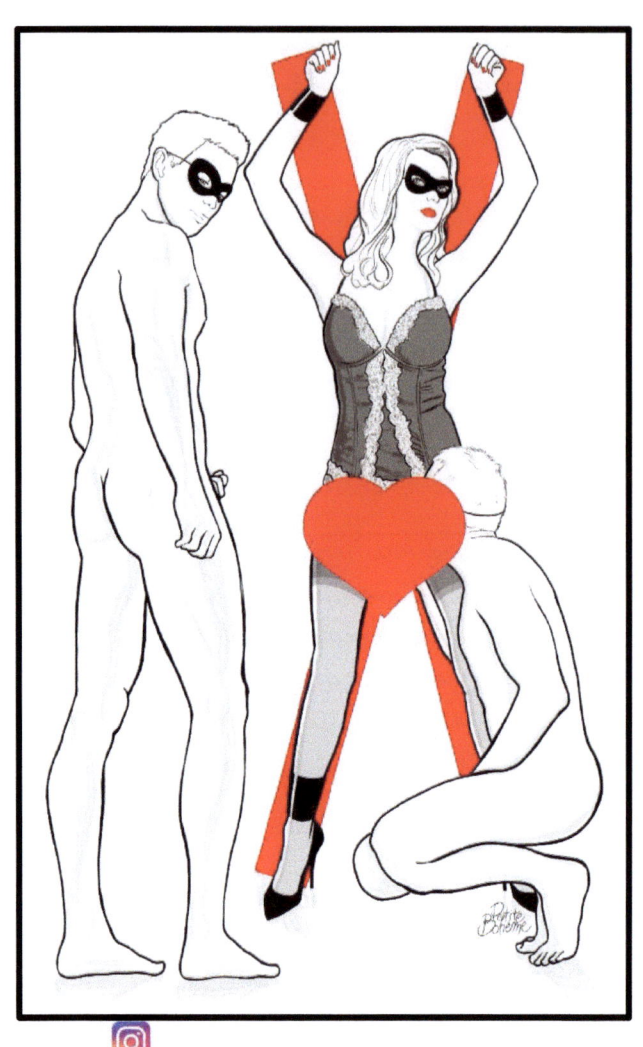

Instagram @petite_boheme / @bad_boheme

Le Manoir

Le manoir

Je t'appelle un soir. Je te dis que je passe te chercher dans quelques minutes, j'ai une surprise pour toi. Je te demande de te tenir prêt et classe mais sans rien sous ton pantalon. Tu veux me poser des questions mais je te dis que j'arrive et raccroche. Quelques minutes plus tard, je viens te chercher. Comme je te l'ai demandé tu portes un pantalon chino noir avec une chemise gris perle. Tu es très élégant. Quant à moi, je porte un manteau d'où tu ne vois dépasser que des bas noirs et des chaussures rouges à talons, je porte un rouge à lèvre très rouge et des boucles assorties. Nous montons en voiture, je te conduis dans la campagne, au détour d'un chemin, je tourne et m'enfonce un peu plus dans la campagne. Je te sens de plus en plus perplexe et malgré tes questions je reste muette sur notre destination. Enfin, après quelques temps de route, tout au bout d'une longue allée, tu vois apparaître un beau manoir éclairé doucement. Ce manoir est en pierres, un porche majestueux domine une lourde double porte en bois. Je te vois en admiration devant ce lieu majestueux que l'on ne peut deviner de la route. Des voitures sont garées sur le côté. Tu me regardes et me demande où nous sommes. Je pose mon regard dans le tien, pose mon doigt sur tes lèvres, m'approche de toi et te murmure de profiter de la soirée, de me faire confiance sans poser de question. Nous descendons de voiture et nous dirigeons vers l'entrée.

Un majordome nous ouvre la porte. Il porte un costume et un masque noir tout simple. Il prend mon manteau. Tu découvres alors que je ne porte qu'un body noir tout en dentelle mes bas et ces chaussures rouges à talons. Cette vue qui met en valeur ma silhouette arrondie et généreuse, t'excite un peu plus. Le majordome nous donne à chacun un masque noir et rouge très élégant et plein de plumes que nous posons sur nos yeux. Nous nous dirigeons vers un bar où l'on nous sert une coupe de champagne. Tu te tournes vers la salle. Elle est très chic avec ici et là des fauteuils, des miroirs, des bougies se reflétant dedans, un peu de musique sensuelle, une lumière tamisée. Tu vois des couples, des femmes, des hommes déambuler dans ce salon, discuter, s'embrasser, se caresser. Ils sont tous et toutes en tenue très sexy et très légère et portent tous de beaux masques. Nous trinquons et profitons de cette vue quelques instants.

Puis je te prends la main et t'entraine dans un dédale de couloirs. Des portes sont ouvertes ici et là. Nous nous arrêtons devant une porte. La pièce est meublée telle un bureau de travail avec une grande table en bois avec un fauteuil devant, une cheminée allumée, une table de réunion sur la gauche et sur la droite un canapé en cuir. Sur celui –ci une femme et un homme sont installés. Nous les regardons un peu. L'homme a un torse puissant qui te fait culpabiliser de ta silhouette. Je te regarde dans un sourire pour te rassurer. Sa cravate est posée sur son torse, son pantalon est tombé sur ses chevilles. La femme ne porte plus sur elle qu'un soutien-gorge bleu nuit et des bas. Les bougies se reflètent sur sa peau qui semble si sucrée et si douce. Ses chaussures à talon, sa culotte en dentelle et la chemise de l'homme sont au sol. La femme est assise sur l'homme. Nous la voyons s'empaler sur lui doucement, longuement, ses yeux dans ceux de son partenaire à travers leurs masques. Elle gémit. Ses mains sont passées dans les cheveux de l'homme. Ils s'embrassent langoureusement, leurs langues se mélangeant. La femme ondule sur l'homme qui lui tient les fesses pour accompagner ses mouvements. Tu viens derrière moi me caresse les seins à travers mon body, m'embrasse le cou tout en les regardant. Je sens ton érection contre mes fesses. Cela m'excite au plus haut point.

Je te prends à nouveau par la main et nous poursuivons à nouveau notre déambulation. Nous croisons dans le couloir un homme masqué uniquement vêtu d'un jean entrouvert sur ses hanches. Son torse appelle mes mains. Il s'arrête à ma hauteur, me regarde à travers son masque argenté, m'embrasse dans le cou et poursuit son chemin avant que j'ai le temps de toucher son torse. A la porte suivante où nous nous arrêtons une femme est installée sur un divan d'examen. Elle est entièrement nue, ne pote plus que son masque. Elle est offerte à une autre femme assise devant elle. Celle-ci porte une nuisette blanche en dentelle entièrement transparente et des collants blancs ouverts sur son petit cul bien ferme. Elle lèche la femme allongée sur le divan, savoure son clito, déguste sa chatte trempée. Elle prend tellement de plaisir dans cette dégustation. Un homme est également là, il joue avec les seins de la femme allongée. Sa bouche et sa langue ne quittent pas ses tétons. Elle n'est que gémissements et plaisirs, son corps est tendu sous ces caresses prodiguées. Nous la sentons proche d'un orgasme puissant. Nous nous arrêtons les regarder un moment. Notre regard ne peut se détacher d'eux. Je te caresse à travers ton pantalon. Et te sens dur comme la pierre. Ta queue en érection me fait mouiller encore plus. Je sens un doigt venir sur le coté de mes lèvres trempées. Je l'attrape et le porte à mes lèvres sous tes yeux. Tu m'embrasses pour me goûter dans ma bouche. Tout à coup la femme allongée crie sous l'orgasme qui l'atteint. Elle se tend complètement puis se relâche. Nous la voyons qui frissonne. Je te prends à nouveau par la main.

Nous poursuivons notre déambulation dans ce couloir du plaisir. Nous sommes tellement excités par ce que nous voyons. Nous nous arrêtons devant une porte entrouverte. La pièce est vide. Elle est doucement éclairée par un feu de cheminée et quelques bougies qui répandent une chaleur enveloppante. Tout au fond sur le mur en pierre une croix de st André est fixée au mur. A côté se trouve une table avec divers accessoires. Nous regardons cette croix qui nous appelle, tu me vois totalement hypnotisée par cette croix en bois. Nous nous regardons. Tu me tends la main. Je glisse la mienne dans la tienne. Nous avançons vers cette croix. Je me place devant. Tu lis tellement de désir dans mon regard. Nous nous embrassons longuement. Tu m'installe sur la croix. Tu me dis que c'est à mon tour de te faire confiance et de me laisser aller. Tu m'embrasse à chaque lien en cuir que tu fermes autour de ma peau. Tu attrapes un plumeau sur la table, te recule et me caresse du bout du plumeau. Les sensations sont incroyables, d'une telle douceur. La chaleur du feu, la fraîcheur du plumeau sur ma peau me font frissonner et déjà gémir. Tu te rapproches, me lèche la peau au niveau de mon cou, de mon oreille. Je ferme les yeux pour mieux savourer ta bouche sur ma peau. Tu continues de m'embrasser sur le visage, le cou, les épaules. Puis tu t'arrêtes.

Je rouvre les yeux, L'homme au masque argenté que l'on a croisé dans le couloir est face à moi et s'approche pour m'embrasser dans le cou. Vos 4 mains se posent sur moi….Vos deux bouches prennent possession de ma peau…toutes ses sensations. L'homme prend un bandeau qui est sur la table et me bande les yeux. Je suis dans l'obscurité la plus totale. Je sens vos souffles si près de moi, vos peaux qui me frôlent. Je ne peux bouger, les liens en cuir me retenant. Je ne peux que savourer les caresses qui se posent sur ma peau. Je sens une bouche sur la mienne, une langue qui ouvre ma bouche, part à la recherche de ma langue pour la caresser. Tout à coup je sens des doigts qui ouvrent les pressions de mon body, une pression, deux pressions et la troisième qui s'ouvre sous ces doigts qui me frôlent au passage. Je sens ces mêmes doigts sur mon clito, jouer doucement avec. D'autres doigts sur mes seins les font pointer, les caressent sous l'aréole, les pincent un peu plus fort. Tout à coup, je sens deux doigts s'enfoncer doucement dans ma chatte trempée. Elle les aspire tellement elle est affamée. Ces doigts me fouillent, puis sont rejoints par un troisième doigt. D'autres doigts caressent le côté de ma chatte, tirent sur mes lèvres, mon clito. Il y a à la fois des caresses douces et plus dures qui me perdent. Ces rythmes différents et ces intensités différentes me procurent tellement de plaisir. Des doigts s'immiscent sous mon body, s'emparent de mes tétons à nouveau, les torturent pendant que d'autres doigts pénètrent ma chatte de plus en plus vigoureusement. Je gémis de plus en plus. Je sens un orgasme puissant arriver. Ces doigts en moi et sur mes tétons me perdent. Je cris de plaisir.

Vous me détachez de la croix et me portez vers un matelas. J'ai toujours les yeux bandés. Je vous entends vous déshabiller. Puis je n'entends plus rien, aucun bruit, aucune caresse. L'attente paralyse mon corps, me rend fébrile, tous les sens en alerte. L'un de vous me rejoins enfin, m'enlève mon body et m'assois sur mes genoux, je vous entends vous asseoir face à moi. Vous prenez mes mains et les posez sur vos queues. Vous êtes aussi dur l'un que l'autre. Je veux vous rendre le plaisir que vous avez su me donner. Je vous caresse à pleine main, vos queues bien dures sous mes doigts. Je m'attarde sur vos bourses bien lourdes, remontent vers vos verges qui perlent. J'attrape cette goute qui suinte et porte mes doigts à ma bouche. Je lèche mes doigts en gémissant. Je repose mes mains sur vous. Je tends ma bouche vers vos sexes. Je ne cesse de passer d'une queue tendue à l'autre. Je vous lèche, suce vos queues, les mouille de ma salive. Je vous sens perler à nouveau. Ça me rend folle et je ne vous lâche plus. Je me régale de vos gouttes si parfumées et très salées. J'y retrouve le goût du champagne. Vous me caressez pendant que je vous suce. Je sens vos doigts partout sur ma peau, sur mon clito, dans mon cou, sur mes seins, mes cheveux. Puis je sens un de vous deux venir derrière moi, me positionner à quatre pattes. Sa queue joue le long de mon clito, de ma chatte sans entrer. Je bouge le bassin pour faire entrer ce sexe en moi. Mais l'homme m'immobilise par les hanches. Je me laisse faire. Il reprend son jeu à l'entrée de mon intimité toute mouillée. Je continue de sucer le deuxième. Puis cette queue toute dure entre enfin en moi et commence à me donner des coups de reins. Que c'est bon. J'aime me sentir remplie, sentir ce sexe dur en moi. Je redouble d'énergie pour sucer la deuxième queue. Des mains se faufilent sur mes seins ultras sensibles, ses mains tirent sur mes tétons, les torture délicieusement. Je ne suis que gémissements.

Vous me faite m'allonger sur un de vous deux. J'attrape sa queue pour la faire entrer entre mes lèvres trempées. Le deuxième homme vient sur moi et me pénètre aussi, doucement il fait sa place à côté de la première queue. Oh mon dieu, ces deux sexes dans ma chatte... C'est intense, tellement intense. Je crie de plaisir. J'en veux encore. Allez-y. Faites-moi sentir vos sexes en moi, remplissez moi, envoyez moi voir les étoiles. Me voir prendre tant de plaisir vous fait accélérer le rythme et vous lâcher. Je me sens pleine. Je ne me sens plus que sensations, que frissons, que sexes. Je sens des mains partout sur moi. Je sens des bouches qui me lèchent j'entends des mots crus à mon oreille. Je suis folle. Je bouge pour accélérer encore vos mouvements et mes sensations. Des doigts tirent mes tétons si sensibles. Ces doigts leur font mal. Je suis prête à exploser je vous sens aussi prêt à exploser. Nous accélérons encore le rythme. Mes tétons me font délicieusement mal. Tout à coup je suis envahie par un plaisir incroyable que je ne peux et ne veux pas retenir. Nous jouissons en même temps dans des cris intenses. Nos corps se tendent, frissonnent, râlent puis se relâchent doucement, nos respirations se calment. Nous nous posons allongés sur le côté moi entre vous deux, dans vos bras. Je suis repue de plaisir. Je sens vos battements de cœur ralentir, je vous sens bien aussi.

Quand vous enlevez mon masque, nous entendons des gémissements. Nous nous tournons et nous voyons un homme en train de prendre en levrette une femme à quatre pattes sur le tapis au sol juste devant le lit. Ils sont tournés vers nous. Ils nous regardent, prennent leur plaisir dans le nôtre. Nous les regardons prendre leur plaisir et exploser en même temps. Le couple se pose. L'homme prend sa partenaire dans ses bras doucement, la câline. Puis la femme lève les yeux vers moi, me regarde, me souris avec gourmandise. Je lui rends son regard, lui souris aussi. Elle se lève des bras de son homme, vient à quatre pattes vers le lit, grimpe dessus. Elle commence à me lécher les jambes, remonte encore, ne quittant pas mon regard...

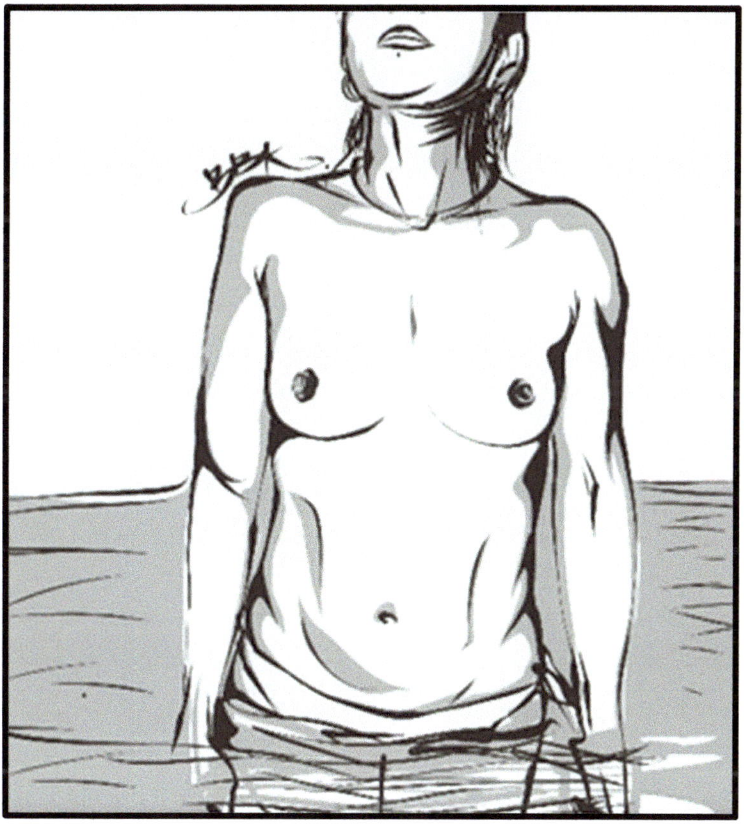

Instagram @rebbekkamour

La Clairière

La clairière

Nous nous retrouvons à l'orée de la forêt pour un footing. Tu as enfilé ton short noir qui moule ton petit cul sexy et un tee-shirt blanc près de la peau. Tu es très sexy. Je démarre devant toi pour te laisser admirer aussi mon petit cul que tu aimes dans un short ultra-court. Je sens ton regard sur moi, il réchauffe ma peau. J'agrandis ma foulée pour amplifier le mouvement de mes fesses pour le plus grand plaisir de tes yeux. Tu viens à mon niveau, nous courrons un moment. Tu me dis que je suis particulièrement sexy pour ce footing et que je ne perds rien à attendre à t'exciter ainsi. Je te souris avec malice.

Au bout d'un moment, tu m'attrapes par la main et m'entraînes hors du sentier. Tu me plaques contre un arbre, me dis que voir mes seins se soulever à chaque foulée t'excite. Tu attrapes ma main et la plaque sur la bosse de ton short pour me montrer l'effet que je te fais. Je te regarde avec gourmandise. Tu passes ta main dans mes cheveux, attrapes ma nuque et m'embrasses passionnément. Tes lèvres sur les miennes, ta langue qui cherche le passage et le force. Tu as faim de moi et me le fais savoir. Cette intensité et cette passion me rendent toute chose. Ta main descend sur un sein que tu attrapes à travers le tissu. Ta bouche descend sur mon cou que tu embrasses, me procurant des frissons. Ta bouche vient sur mon oreille que tu lèches. Mes mains viennent se poser sur ton torse. Mais tu attrapes mes mains et les bloque au-dessus de ma tête. Tu me dis que c'est toi qui décide et que tu vas me montrer à quel point je t'ai excité. Tu attrapes à nouveau ma bouche voracement, mordant mes lèvres. Ton autre main descend sur mes fesses. Tu remontes sous le tissu et te rend compte que je ne porte pas de culotte. Ton regard se fait lion. J'aime réveiller l'animal qui est en toi, cela m'électrise. Tu caresses mes fesses. Puis ta main vient caresser mon entre-jambes à travers le tissu de mon short. Tu me fais mouiller instantanément. Tes caresses sont dures, intenses, presque à me faire mal. Ta bouche ne quitte pas la mienne, tu mordilles mes lèvres.

Tout à coup je me dégage de toi. Je te dis que j'ai envie de jouer encore un peu et me remets à courir. Je prends un peu d'avance. Tu me vois tourner dans un petit chemin. Tu me suis dans ce sous-bois. Tu dois te pencher pour passer à travers ses feuillages lorsque ceux-ci disparaissent pour laisser place à une clairière. Je suis là, juste à ta droite, à admirer ce paysage féérique. La clairière, pas très grande, est tapissée d'herbe luxuriante. Une pièce d'eau se trouve sur notre droite, entourée de rochers. Je m'approche de cette eau qui m'appelle. Je m'assieds sur un rocher. Il est réchauffé par le soleil. Je passe une main dans l'eau. Elle est délicieusement fraiche. J'enlève mes chaussures. Je passe mon haut par-dessus ma tête, mon regard de chatte dans tes yeux. J'ouvre le bouton de mon short, descend la fermeture éclair. Je fais tomber mon short au sol tout en me penchant bien en avant. Je sais que tu n'en perds pas une miette. Je suis nue devant toi. Je me tourne vers l'eau et descend dedans. Je fais quelques longueurs sous tes yeux. La fraicheur de l'eau sur ma peau est un délice. Tu te rapproches de l'eau. Je m'arrête un instant pour te regarder te déshabiller. D'abord ton tee-shirt qui laisse apparaitre ton torse puissant, avec quelques gouttes de sueur que j'ai envie de lécher. Puis ton short, lorsque tu le fais tomber, ton sexe se libère. Il est déjà tendu, droit, ta verge toute douce découverte, les veines qui courent le long de ton sexe. Cette vue me donne chaud. Tu passes ta main sur ton sexe, me regardes. Tu t'assieds sur un rocher, les jambes écartées, ferme les yeux pour savourer le soleil.

Je ne peux résister à ce que je vois. J'ai besoin de te toucher. Je me rapproche de toi, viens juste devant. Je pose mes mains mouillées sur tes cuisses. La fraicheur et l'humidité te font ouvrir les yeux, tu me souris. Tu refermes les yeux. Je remonte mes mains, je m'approche de ton sexe. Je pose des baisers sur ta peau, te lèche là où je t'ai mouillé. Je remonte tes cuisses pour avoir ta queue dressée juste devant moi. Je te lèche, ma langue s'enroule sur ton sexe. Je t'entends gémir sous mes caresses. Je descends sur tes bourses, les lèche et les aspire. Je remonte sur ton sexe vers ta verge que je lèche. Elle est tellement douce. J'ouvre la bouche pour bien la prendre et la mouiller. Je te fais entrer dans ma bouche, te lèche, te suce. Je pose ma main sur ta queue et te caresse pendant que je joue avec mes dents sur ta verge. Cela te rend fou. Je t'entends gémir de plus en plus.

Tu descends du rocher dans l'eau. Tu viens contre moi, ton souffle contre mon oreille que tu embrasses, ta langue caresse le lobe de mon oreille. Je sens ton sexe fort contre mes fesses frémissantes. Tu me mordilles mon épaule, cette morsure est à la fois douloureuse et excitante. Tes mains autour de mes hanches, tu me fais m'asseoir sur le rocher, écarte mes jambes et à ton tour te régale. Ta bouche se fait exploratrice, Je sens ta langue sur mon clito frais et humide de mon bain, le lécher encore et encore. Il gonfle sous tes coups de langue incessants. Et je sens un premier orgasme m'envahir me laissant tremblante. Ta langue descend et viens caresser le coté de mon entre jambe, s'approchant de plus en plus de mes lèvres gonflées. Ta langue s'enroule sur une lèvre, la tétant doucement. C'est une torture, que de sensations tu me procures. Tu fais de même avec mon autre lèvre, avant de t'immiscer entre elles pour te frayer un chemin au cœur de mon intimité. Ta langue se fait plus insistante, pour caressante, plus dure aussi. Tu me prends de ta langue, ne t'arrêtant pas. Tu poses un doigt sur mon clito encore sensible des sensations que tu lui as donné. Ton doigt, rejoins par un deuxième, me caresse. Je vibre sous tes doigts Un nouvel orgasme m'envahie. Tu me connais et sais exactement comment me procurer d'intenses sensations.

Je descends du rocher et viens enrouler mes jambes autour de tes hanches dans l'eau. Tu poses tes mains sur mes fesses pour me maintenir et nous fais tourner dans l'eau. Nos bouches s'embrassent. L'eau fraiche ne fait qu'accentuer le brasier qui ne demande qu'à s'emparer de nos corps. Je passe mes mains dans tes cheveux, embrasse ton cou, déguste ta peau mouillée, toute fraiche. Je sens ta queue dure contre ma chatte toute ouverte. Tu te frotte contre moi. Mes lèvres ouvertes t'appellent. En te branlant contre moi, ta queue entre en moi profondément. Je gémis. J'aime te sentir me prendre. Je bascule la tête en arrière, tu embrasses mon cou. J'ondule mes hanches sur toi pour te faire entrer encore plus. L'eau fraiche contre nos peaux brulantes est un délice et augmente nos sensations. Tu me poses, et me retourne contre le rocher près de nous. Je pose mes mains dessus. De ton genou, tu écartes mes jambes. Tu plaques tes mains sur mes hanches et me pénètre d'un coup fort. Je crie sous la surprise. Avec tes mains tu dictes les mouvements, t'enfonçant un peu plus à chaque coup de reins. L'eau tape contre nos peaux à notre rythme, nous éclaboussant. Ta queue en moi fait des vas et viens forts, intenses. Nous gémissons. J'entends ton souffle s'accélérer sous le rythme de tes poussées que j'accompagne. Je me fais lionne sous ta queue animale en moi. Les vas et viens s'intensifient et un orgasme nous emporte en même temps. Nous laissant essoufflés mais heureux. Tu passes tes bras autour de moi, m'enlaçant et embrassant mon cou.

Puis nous sortons de l'eau, nous nous allongeons sur le rocher. Je viens me poser aux creux de tes bras, contre ton torse. Le soleil réchauffe et sèche nos peaux. Nous sommes repus de plaisir. Tes mains papouillent ma peau doucement, sur mes bras, mes épaules, mon cou, mon ventre. Tes mains remontent vers mes seins que tu caresses dessous, tu en fais le tour du bout de tes doigts, ta rapprochant un peu plus de mes aréoles. Tu vois que mes tétons pointent. Tu ne peux t'empêcher d'aller jouer avec, de les bouger du bout de tes doigts, puis tu les pinces. Cela me procure instantanément des frissons partout sur mon corps. Tu sais à quel point ils sont sensibles. Tu aimes me voir réagir instantanément à tes pincements. J'aime sentir tes mains rugueuses sur mes seins tendus, je me mets à bouger contre toi. Je sens ta queue durcir. Je continue de la caresser de mes fesses. Tes doigts ne quittent pas mes tétons que tu tortures délicieusement. Tu me sens monter, éprouver de plus en plus de plaisir. Ta queue entre mes fesses, tu te branles contre moi. Tu m'embrasses dans le cou, augmentant mes frissons et électrifiant un peu plus mon corps. Je suis tendue.

J'écarte un peu mes fesses, attrape ta queue que je guide vers mon petit trou. Je t'y fais entrer doucement d'abord. Tes mains toujours sur mes tétons, tu me pénètres un peu plus loin. Toutes ses sensations font monter un nouvel orgasme. Je caresse mon clito qui est ultra-sensibles. Je gémis de plus en plus, te suppliant de ne surtout pas t'arrêter, te disant que mon orgasme est presque là. Tes doigts me pincent plus fort, ta bouche mordille mon oreille et ton sexe me prend plus fort, plus vite. Je ne peux plus lutter, je me laisse emporter par ce plaisir incroyable que tu me procures. Je crie, me tend, me relâche, des frissons et des ondes électriques me parcourent de partout, mes seins et mon cul ne sont plus que plaisir. Me voir jouir sous tes doigts et ta queue te fais jouir aussi. Tu te répands en moi, râle et te tend. Tu m'attrapes dans tes bras. Je continue de bouger un peu pour accompagner ta jouissance jusqu'au bout. Je m'accroche à tes bras. Nous restons ainsi dans les bras l'un de l'autre, doucement enlacés après tes émotions intenses. Nous nous câlinons, profitons du soleil sur nos peaux trempées de sueur.

Au bout d'un moment, nous décidons de retourner dans l'eau pour nous rincer un peu. Nous nageons un peu, nous amusons à nous arroser. Tu m'attrapes dans tes bras. Nous sortons de l'eau, nous rhabillons. Main dans la main, nous quittons cet endroit enchanteur à regret. Nous retournons à notre voiture et rentrons chez nous où nous nous dépêchons de filer sous la douche. Une étincelle malicieuse illumine tes yeux quand tu me vois me déshabiller devant toi. Je te souris, file dans la douche. Tu te déshabille et m'y rejoins ton sexe tendu et ta bouche déjà sur ma peau.

Instagram @Et_eurent_bcp_de_plaisir

Le Restaurant

Le restaurant

Nous sommes vendredi soir. Je rentre chez moi, ma semaine enfin finie. Je me dépêche de me préparer. Nos enfants étant chez leurs grands-parents, nous avons prévu un restaurant en tête à tête pour ce soir. Je file sous la douche toute heureuse par la soirée qui m'attend avec mon mari. Nous avons peu l'occasion de nous retrouver tous les deux depuis que la famille s'est agrandie il y a quelques mois. Dans la douche, je ne peux m'empêcher de me caresser tout en me savonnant. Je passe mes mains sur mon cou, descend entre mes seins, les caresse en les pinçant. Mes mains poursuivent leur chemin sur mon ventre, descendent vers mon clito que je masse légèrement, juste pour le réveiller, l'exciter. Je passe ma main sur mes lèvres, les palpe entre mes doigts. Je sens l'excitation humidifier mon intimité. J'insère un doigt en moi, puis deux. Je me masturbe de plus en plus vite. Je sens le plaisir monter. J'attrape le pommeau de douche, je le passe sur moi puis entre mes cuisses. Je dirige le jet vers mon clito et poursuis mes allées et venues de mes doigts La caresse puissante du jet combinée à mes doigts me font atteindre un orgasme annonciateur d'une belle soirée... Après ma douche, je passe mon soutien-gorge rouge tout en transparence avec le tanga en dentelle assorti, ton préféré, j'enfile ma robe noire avec la fermeture éclair qui court tout devant. Je la remonte jusque sur mon décolleté, ajuste les bretelles de la robe. Je me maquille, ajoute un pendentif qui vient se nicher entre mes seins. Tu rentres, je te laisse me regarder avec gourmandise. Même après toutes ces années et le rythme pas toujours évident de la vie quotidienne d'une famille, tu me regardes comme au premier jour et je me sens belle et désirable à tes yeux. Tu passes ta main sur ma nuque et m'embrasse à pleine bouche. Je t'invite à patienter une minute, te dis que j'enfile ma veste. Tu m'arrêtes, me dis que tu as une surprise pour moi. Ton regard coquin m'excite déjà.

Tu t'assieds sur le canapé, me tends la main. Je m'approche de toi, prends ta main dans la mienne. Tu m'attrapes et me fais basculer le ventre sur tes genoux. Ta main parcourt ma nuque, remonte sur mon cou, dans mes cheveux. Tu descends sur mes épaules, mon dos, doucement tes doigts descendent sur toute ma colonne me procurant des frissons au fur et à mesure de ton passage. Ta main arrive sur mes fesses que tu caresses. Je te sens remonter ma robe au-dessus de mon postérieur, le laissant nu sous tes yeux. Ta bouche se pose sur mes fesses, tu m'embrasses à plusieurs reprises. Je sens ta langue sur ma peau. Tout à coup une magnifique fessée retentie. Ta main claque sur mes fesses. Provoquant une ondée de plaisir dans tout mon corps. Ta main caresse ma fesse là où tu l'as faite rougir. Tu claque à nouveau ma fesse. Je ne peux retenir un gémissement. Nous avons découvert le plaisir des fessées il y a peu et cela a beaucoup pimenté nos ébats. Ta main vient entre mes cuisses, tu écartes le tissu de mon tanga, caresses mes lèvres, mon clito que tu sens déjà gonflé sous tes doigts. Tes caresses se font plus insistantes, un doigt s'immisce dans mon intimité, profondément. Tu le retires me le donne à sucer. Ton doigt retourne à ses caresses, entre à nouveau en moi. Je sens un deuxième doigt le rejoindre. Je gémis sous tes caresses. Tu retires tes doigts de mon intimité. Tout à coup, je sens quelque chose de frais, de rond et de doux contre mon clito. Tu joues avec le long de ma peau, de mes lèvres puis tu l'insères en moi doucement, encore et encore. Je ne sais ce que c'est mais je suis excitée de te sentir me remplir de cet appareil. Tu repositionnes mon tanga, me caresses mes fesses une dernière fois, descend ma robe et m'aide à me relever. Tu me dis que l'on peut maintenant sortir diner.

Nous arrivons au restaurant, nous présentons devant le maître d'hôtel. Tout à coup je sens une décharge en moi. Cette décharge part de cet appareil et se propage dans toute ma colonne vertébrale. Je ne peux m'empêcher un mouvement de surprise, m'accroche à ton bras et me tourne vers toi. Tu me regarde avec un sourire en coin.

Le maître d'hôtel me demande si tout va bien. Les joues rouges, je lui fais signe que oui. Il nous installe à notre table, en plein milieu de la salle. Au moment où je m'assois je sens une nouvelle décharge se propager en moi. J'essaie de ne rien laisser paraître des sensations qui me parcourent. Je te dis que tu ne perds rien pour attendre. Un serveur arrive avec les menus qu'il nous distribue. Il commence à nous informer de la carte du soir. Je sens de nouvelles décharges, plusieurs se suivent. Je ne sais plus comment me tenir. J'agrippe de mes mains mon fauteuil. Mon corps est irradié de stimulations. Je rougis, j'ai du mal à retenir un gémissement. Je sens le regard du serveur sur moi, il descend sur mes joues rosies, mes lèvres entrouvertes, mon décolleté tout en continuant à détailler le menu. Tu choisis ce que tu veux manger, me demande ce que je souhaite. Une nouvelle décharge m'empêche de répondre. Je murmure que je prendrais comme toi.

Nous sommes à nouveau tous les deux. Mon trouble te fait sourire. Ton regard sur moi est amusé et excité à la fois. Je te dis que tu ne perds rien pour attendre. Tu me réponds que mon regard de chatte t'excite au plus haut point. Je décide de jouer un peu avec toi. Je tends le pied sous la table, viens caresser ta jambe, remonte le long, jusqu'à sentir cette bosse dure sous ton pantalon. Je vois ton regard s'embraser. Tu me demandes d'arrêter.

Mais je poursuis mes caresses. Une nouvelle onde de plaisir m'envahit. Tu me dis que c'est toi qui dirige la partie ce soir. Tu attrapes mon pied et le fait redescendre. Je me concentre sur ce plaisir qui m'envahie une nouvelle fois. Tu me demande de résister mais une nouvelle décharge me parcoure. Je me concentre sur ces sensations. J'oublie la salle, les gens, je ne suis plus que frissons qui se propagent du cœur de mon intimité jusque dans tout mon corps. Encore une fois ton engin diabolique se joue de moi. Je ferme les yeux, gémis doucement, laisse le plaisir m'envahir, me transporter loin. Tu ne te lasse pas de ce spectacle. Tu me trouve si belle, particulièrement désirable à cet instant. Si tu pouvais, tu balayerais la table, grimperai dessus pour venir m'embrasser. Mais tu te ressaisi pour faire durer encore le jeu.

Nos plats arrivent. Tu laisses quelques instants ta télécommande pour que je puisse souffler un peu et me régaler de cette nourriture. Je mange de manière sensuelle, ne quittant pas tes yeux. Tu me vois aux aguets, me demandant quand la prochaine ondée de plaisir, de torture va arriver. Ne sentant rien venir, je me détends un peu. Je te dis que je ne veux pas de dessert qui est sur leur carte mais un dessert spécial. Mon regard t'embrase. Nous nous levons et quittons le restaurant main dans la main. Au moment de quitter le restaurant nous croisons notre serveur, tu ne peux t'empêcher d'appuyer sur ta télécommande, je sursaute, la main appuyée sur mon bas ventre. Je regarde le serveur, lui fait un clin d'œil.

La fraicheur de la nuit me fait du bien et m'aide à me calmer un peu. Je prends ta main dans la mienne, me rapproche de toi. Nous marchons dans les ruelles pour retrouver notre voiture. Tout à coup tu m'attires sous un porche, me colle le dos à la porte. Tu m'embrasses à pleine bouche, te colles contre moi et je sens ton sexe fort et dur. Mon désir puissant et impérieux de toi revient en force. Ta bouche contre mon oreille, tu me chuchote ton désir de ta voix mâle, sensuelle et caressante. Ta main descend sur mes mamelons qui sont dures. Tu les prends entre tes doigts, t'amuses d'eux. Ta main descend encore, passe sous ma robe, sur mon tanga que tu sens tout humide du plaisir que tu m'as infligé tout au long de de ce repas. Tu écartes mon tanga trempé et je sens ton doigt rouler, palper, malaxer mon clito puis s'enhardir plus loin. Mon plaisir dévale alors sous ma peau, je gronde, me tend comme un arc et libère un cri de jouissance. Tu attrapes ma main et nous repartons. Je n'en peux plus de cette attente. Mon excitation est plus intense que jamais et mon désir plus fort que tout.

Nous regagnons notre voiture et reprenons la route du retour. Je remarque que tu as posé ta veste sur le siège arrière, la télécommande de ton œuf diabolique dans une des poches de cette veste. Je décide qu'il est temps que je reprenne le pouvoir. Tu as assez joué ce soir. Je connais un ou deux trucs qui te rendent dingue. J'allume la radio, trouve une station diffusant une musique douce et sensuelle. Je pose ma main sur ton genou, remonte un peu sur ta cuisse. Je te caresse doucement, innocemment juste ma main chaude sur ta cuisse. Ma main remonte un peu plus haut et poursuit ses caresses innocentes. J'arrive au niveau de tes hanches. Je te caresse toute ta cuisse du bout des doigts, remontant vers ton bassin la main bien appuyée sur ton pantalon.

Je pose ma main entre tes cuisses remonte jusqu'à cette bosse qui m'excite beaucoup. Je commence à te caresser au travers de ton pantalon. Je sens que tu n'es pas indifférent à mes caresses. Ton sexe durcit sous ma main qui ne le quitte pas. Tu restes fixé sur la route mais je te sens excité par ce que mes mains te font. J'ouvre alors ton pantalon, un bouton, deux boutons, trois boutons...Je libère ton sexe qui apparait fièrement dressé. Cette vision me procure des sensations au creux de ma petite chatte. Ma main empoigne ton sexe, que je caresse, masse, je fais des vas et viens dessus, découvre ta verge. Je sors tes bourses de ton pantalon aussi, les caresse, doucement puis plus durement. J'ai faim de toi. Ma main sur ton sexe ne me suffit plus. Je veux te donner plus de plaisir, t'entendre gémir.

Je me penche alors vers ton oreille, te dit que je compte te lécher la, maintenant et te donner beaucoup de plaisir. Tu me regarde, me souris, me répond « fais toi plaisir ma belle ». Je me penche alors au-dessus de ton sexe magnifique. Je le lèche tout du long, me régalant de son goût, de sa dureté, de sa peau si douce. Je suis ta veine qui ressort de ma langue. Je caresse ensuite tes bourses, leur donne de grands coups de langues. Comme tu adore, je les tête. Je te sens réagir immédiatement. Tu te tends, gémis. Tu passes ta main dans mes cheveux, appuie ma tête pour que je continue de lécher tes bourses. Cela te rend dingue. Je les mouilles tellement je les suce.

Je remonte sur ta queue, la lèche sur le côté. Elle est si délicieuse. J'arrive sur ta verge et je vois une goutte perler tout au bout. Cette vision est magnifique. Je ne peux m'empêcher de poser le bout de ma langue sur ta verge pour gouter cette perle de plaisir. Elle est légèrement salée et divine. Je lèche ta verge, je veux la faire perler encore. Je veux à nouveau ce nectar dans ma bouche. Je fais entrer ta verge dans la chaleur de ma bouche. Et je te suce doucement d'abord mais très vite comme une lionne. Je suis affamée. Cette soirée intense en émotions et sensations m'a donné une faim incroyable. Tu gémis de plus en plus. Tu es si dur, si perlant. Je gobe ton sexe, le faisant disparaître dans ma bouche. Ta main toujours dans mes cheveux tu accompagnes mon rythme, appuyant ma tête pour que je ne te lâche pas. Tu es aux anges mais tu n'en peux plus. Tu sens que tu ne vas plus résister longtemps à ma bouche délicieuse.

Tu t'arrêtes sur le bas-côté de la route, descend, fais le tour de la voiture, ouvre ma portière, me fais descendre. Ton regard est animal. Tu es lion. Un courant électrique me parcourt. Tu m'attrape par la main, contourne la voiture par l'arrière. Tu me plaque sur le capot arrière, le ventre collé au métal froid de la voiture. Tu relèves ma robe, fais descendre mon tanga. Je sens ta main me fouiller sans ménagement, tu attrapes le lien de l'œuf vibrant, tire dessus pour l'enlever. Cela me procure une nouvelle décharge dans tout le corps. Ce que j'ai envie de toi là, maintenant ! Tu me mets l'œuf dans la bouche pour que je le lèche. Puis tu baisses ton pantalon et me prends sur ce capot de la voiture en pleine nuit, au milieu de cette route. Seul notre désir pour l'autre compte. Ta queue entre en moi profondément. Je te veux. Fais-moi te sentir. Tu attrapes mes hanches et me donne de prodigieux coups de reins. Je sens ta queue gonflée de désir me remplir. Que c'est bon. Je gémis, je crie à chaque coup de rein. Nous ne contrôlons plus rien. Nous ne sommes plus que ces deux corps qui sont sur le point d'atteindre un plaisir incroyable. Tu me donne des coups de queue de plus en plus forts. Tout à coup un orgasme puissant nous envahit. Nous crions et explosons en même temps. Je continue de bouger, ton sexe en moi, pour accompagner ton orgasme jusqu'au bout. Je me retourne alors et m'accroupie entre tes cuisses pour lécher chaque goutte de sperme et de cyprine sur ta queue qui se détend progressivement. Que c'est bon, que j'aime nos goûts mélangés. Puis tu m'attrapes, me prends dans tes bras et me câline. Tu t'approches de mon oreille, me souffle que j'étais d'une beauté à couper le souffle sous le plaisir ce soir. Tu fini de descendre mon tanga et le mets dans ta poche, tu descends ma robe sur mes fesses.

Tu me prends par la main, pose un baiser sur ma joue et nous retournons à la voiture, repus mais heureux. Nous finissons la route, ta main dans la mienne.

Nous rentrons à la maison et nous allons profiter de la fraicheur de la nuit sur le balcon. Je m'accoude au rebord du balcon pour regarder le ciel étoilé. Tu viens derrière moi, m'enlace et pose ta main sur ma taille. De l'autre main, tu me tends une coupe de champagne pour fêter cette belle soirée. J'y trempe mes lèvres avant que tu en boives une gorgée aussi. Je te dis que la nuit est belle et ne fait que commencer. Tu poses la coupe sur le rebord devant nous. Je sens tes mains descendre sur mes hanches puis jusqu'au bas de ma robe. Tes mains passent dessous pour la faire remonter au dessus de mes bas. Je te sens te pencher tout près de mon oreille que tu caresses du bout de ton nez. Ton souffle tout contre mon oreille me fait flamber à nouveau. Tes mains remontent sur mes cuisses jusque ma petite chatte que tu sens encore toute mouillée de cette soirée incroyable. Déjà tu me fouille, déjà tu me fais frissonner, déjà tu me fais gémir. Tes mains sont magiques et ton souffle à mon oreille est aphrodisiaque. Je passe mes mains sur ton cou. Je prends une gorgée de champagne puis attrape ton visage pour t'embrasser. Ce baiser pétillant te ravie.

J'enlève mes chaussures, te prends la main et t'emmène dans ma chambre. J'allume quelques bougies, et viens te déshabiller. Je fais tomber ta veste, ouvre ta chemise bouton après bouton. Avant que je m'occupe de ton pantalon, tu ressorts mon tanga que tu portes à ton nez. Tu le respire, me le donne, me dis d'humer le plaisir que j'ai eu ce soir grâce à ton petit cadeau. J'ouvre ton pantalon le fait tomber ainsi que ton boxer. Tu es là, nu devant moi et déjà dur. C'est tellement excitant de te faire cet effet encore aujourd'hui. Tu t'approches de moi et me déshabille à ton tour. Tu tires sur la fermeture éclair de ma robe pour l'ouvrir, fais passer les bretelles sur mes épaules et fais tomber ma robe au sol. Tu me regarde un instant avant d'enlever mon soutien-gorge. Nous sommes nus maintenant. Tu attrapes ma main et me guide vers le lit où tu commences à caresser ma peau qui frémit déjà sous tes doigts...

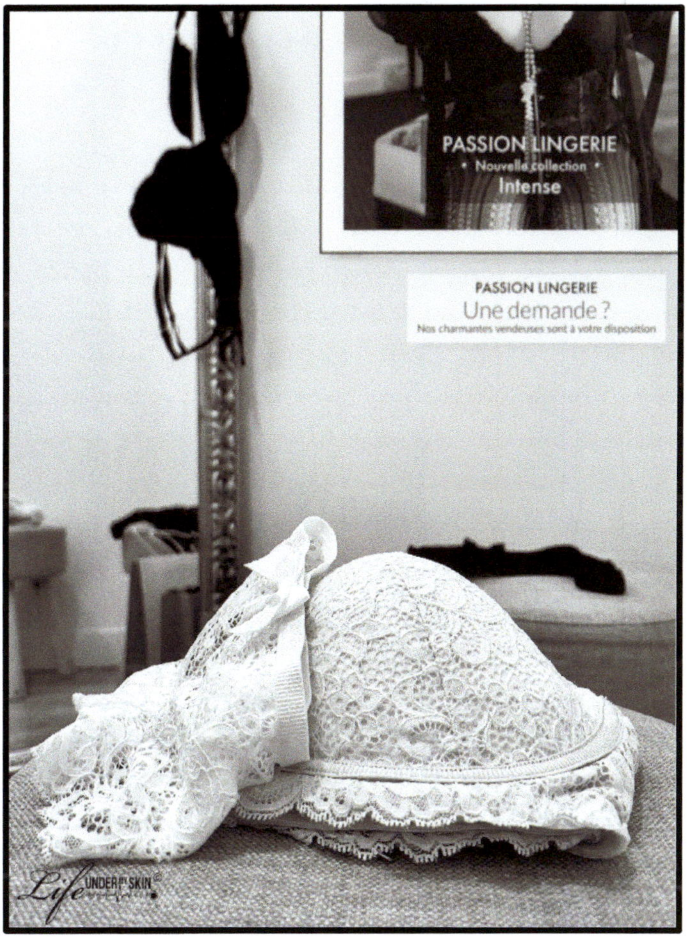

 @life_under_my_skin

La Boutique de Lingerie

La boutique de lingerie

Nous sommes samedi après-midi d'été. Nous profitons du superbe soleil pour une balade dans les ruelles de la ville. Tu me complimente pour ma jolie petite robe rouge à fines bretelles, échancrée sur le côté qui met en valeur mes courbes. Cette robe me plait aussi car elle cache ce que je n'aime pas chez moi. Je te complimente à mon tour pour ta chemise blanche cintrée et ton jean qui te fait un cul sexy. Nous regardons les vitrines de magasins de la rue puis nous passons devant une petite boutique de lingerie. Nous nous arrêtons pour regarder. Il y a un délicieux ensemble noir sur un mannequin ainsi qu'un body blanc tout en dentelle sublime. Nous nous regardons avec malice et décidons d'entrer. Cette boutique est décorée avec élégance, des portants ici et là proposent dentelles et soies. Une vendeuse est occupée à remettre en place une nuisette. Elle nous tourne le dos que nous pouvons admirer. Elle est moulée dans une petite jupe droite qui remonte sur la courbe de ses hanches et épouse parfaitement son petit cul. Elle porte également un chemisier blanc, des bas noirs avec un trait noir qui descend sur tout l'arrière des jambes jusqu'à des escarpins rouges brillants. Je suis clairement jalouse de son corps sublime. Elle se retourne vers nous et me sourit d'un sourire magnifique qui m'intimide et me rend dingue à la fois. Je sens son regard sexy qui parcourt mon corps. Je me sens insignifiante auprès d'elle et pourtant elle me sourit avec beaucoup de gentillesse et de douceur. Elle s'approche de nous, nous demande si elle peut nous aider. Je lui souris et lui dis que le body blanc en vitrine me plait beaucoup. Elle nous indique la cabine d'essayage et nous dit qu'elle va nous en apporter un.

Nous nous dirigeons vers la cabine d'essayage au fond de la boutique, ouvrons le rideau en velours bordeaux et entrons dans cette cabine. Tu me dis avoir remarqué comment la vendeuse m'a regardée et comment cela m'a excitée. Je t'embrasse à pleine bouche, ma langue cherchant d'emblée la tienne.

- Oui elle m'a excitée. Je te réponds.

Je me retourne, relève mes cheveux et te demande de descendre la fermeture de ma robe. Tu t'approches de moi, caresse ma nuque, laisse tes doigts courir sur mes épaules. Je sens ta bouche s'approcher de ma nuque, m'embrasser doucement. Je sens ton souffle contre mon oreille pendant que tes mains descendent sur mes épaules et mes mains. Puis tu fais descendre la fermeture éclair de ma robe, fais passer les bretelles sur mes épaules. Ma robe tombe en corolle à mes pieds. Je suis nue dans la cabine. Je vois ton regard gourmand dans le miroir.

La vendeuse ouvre le rideau à ce moment-là, le body blanc de la vitrine dans ses mains. Je suis son regard sur mon corps nu.

- Excusez moi, je ne voulais pas me montrer indiscrète. me dit-elle.

Je lui réponds que je ne suis pas pudique.

- Si je peux me permettre, votre corps est sexy, vous avez raison » me souffle t-elle.

Tu lui laisse la place et va t'asseoir sur le fauteuil dans le coin. Elle s'approche de moi pour m'aider à enfiler le body. Je la laisse me le mettre sans la quitter des yeux. Elle passe derrière moi pour l'agrafer. Je sens ses mains fraîches sur ma peau et cela me donne des frissons. Elle revient devant moi, place les bretelles du body correctement sur mes épaules qu'elle caresse au passage. Elle me regarde, et comprends qu'elle peut poursuivre. Ses mains s'enhardissent vers mes seins qu'elle caresse au travers du tissu.

Elle me dit que ce body est fait pour mon corps, qu'il en épouse chaque contour et qu'il doit être délicieux à déguster. Je lui propose de le vérifier par elle-même. Je m'approche d'elle et l'embrasse doucement. Ses lèvres sont sucrées et d'une gourmandise incroyable. Je poursuis ce baiser, ma langue cherchant sa langue qu'elle me tend avec délice. Nos mains sont sur nos corps et se caressent. Je sens ton regard dans mon dos et cela m'excite encore plus. Elle me dit qu'elle voudrait vérifier le goût de mes seins. Je descends alors ma main vers un sein que je sors de l'écrin du body. Je lui tends ce sein, qu'elle s'empresse d'embrasser. Ses coups de langue sont magiques et me font pointer aussitôt. Elle pose alors sa main sur mon deuxième sein pour le sortir du body et l'embrasser à son tour. Je passe ma main sur sa nuque, son dos. Elle fait tomber complètement le body à mes pieds. Elle se relève et vient m'embrasser à nouveau. Ma bouche descend vers son cou. Elle me dit qu'elle est beaucoup trop habillée vis-à-vis de moi. Je commence alors à déboutonner son chemisier, semant des baisers sur la peau que je découvre. Elle porte un soutien-gorge rouge que je m'empresse de lui retirer.

Je passe derrière elle, l'embrasse dans le cou tout en te regardant. Je vois une bosse se former sous ton pantalon. Le spectacle est à ton goût. Je fais alors descendre ma langue sur son dos jusqu'à la fermeture de sa jupe que je fais descendre. Je lui enlève celle-ci. Elle est devant moi en tanga en dentelle rouge, en bas et escarpins rouges. Je reviens vers elle, l'admire sans la toucher, la regarde avec gourmandise :

- que tu as l'air délicieuse.
- Vérifie-le par toi-même. Me répond t'elle.

Je m'approche d'elle avec un sourire gourmand, attrape son visage entre mes mains et l'embrasse à pleine bouche. Sa bouche comment alors à cheminer douloureusement vers mon ventre, chacun de ses baisers me procurant d'intenses sensations. Elle s'agenouille devant moi, embrasse doucement ma petite chatte qui est déjà toute excitée. Ses baisers se font plus intenses et poursuivent leur chemin vers mon clito qui durcit instantanément. Elle le câline de magistraux coups de langue qui m'arrachent gémissements sur gémissements. Sa bouche vient ensuite embrasser le côté de mes lèvres, puis je sens sa langue qui les caresse et se fraye un chemin entre mes lèvres. Que j'aime ses caresses. Je sens sa langue qui entre en moi encore et encore. Je suis trempée sous la précision de sa langue. Je te regarde et vois que tu as sorti ta queue et que tu te caresse devant le spectacle dont tu es témoin.

Je viens m'agenouiller devant elle, l'embrasse longuement pour le plaisir qu'elle m'a donné et lui dit que c'est à mon tour de la goûter. Elle se relève, écarte ses cuisses juste au-dessus de moi m'offrant une vue magique sur son intimité. Le bout de mes doigts remonte doucement sur ses jambes, ses cuisses, le côté de son abricot tout lisse. Je la sens frissonner sous ces caresses délicates qui se font plus précises sur sa peau si douce. Mes doigts descendent sur son bouton d'amour que je caresse doucement, longuement jusqu'à le sentir durcir sous mes doigts. Je la regarde fermer les yeux pour mieux savourer ces caresses. Je me retourne et te vois ton sexe tout dur entre tes doigts. Tu le caresse doucement comme je le fais avec cette charmante vendeuse. De mes doigts je poursuis son exploration, je viens faire frissonner ses lèvres, les caresser et les pincer légèrement entre mes doigts pour la faire gémir. Puis de mes doigts, j'écarte doucement ses lèvres charnues et gourmandes. Je la regarde, fais entrer mes doigts en elle les uns après les autres et lui murmure :

- un doigt ma belle, deux doigts, trois doigts.

Elle gémis de plus en plus fort à chaque entrée en elle. Je me rapproche pour titiller son clito en même temps que je la doigte. Elle est toute humide sous mes doigts et toute dure sous ma langue. Je continue de m'occuper d'elle sentant son plaisir monter. Mes doigts la caressent intimement pendant que ma bouche suce son bouton. Je poursuis jusqu'à l'entendre jouir et la sentir couler entre mes doigts. Une vraie fontaine...ce qui m'excite au plus haut point. Ce qui t'excite aussi, je t'entends gémir derrière moi.

Je me retourne alors vers toi, admire ta queue tendue fièrement. A 4 pattes, je m'approche de toi, et te demande si tu veux gouter au plaisir féminin. Tu me réponds « oh oui ». Je te tends alors ma main trempée du plaisir de notre partenaire. Tu t'empresses de t'approcher pour lécher chacun de mes doigts. Puis tu viens m'embrasser à pleine bouche. Tu nous regarde toutes les deux et nous remercie pour le spectacle que nous t'avons fait vivre. Je me retourne vers la vendeuse et lui dit que mon homme adore que deux femmes s'occupent de lui. Elle s'approche alors de toi, vient à mes côtés. Tu finis de descendre ton jean et ton boxer, offrant ton sexe tendu à nos regards émerveillés. Nous approchons nos langues de ce membre délicieux. Nos langues sont tour à tour sur ta queue, tes bourses, ta verge. Tu gémis sous ces deux langues qui te parcourent avec gourmandise. Tu nous regarde te lécher, nous embrasser lorsque nos langues se croisent. Tu nous sens l'une happer tes bourses dans sa bouche pendant que l'autre mordille doucement ta verge. Toutes ces sensations te grisent et t'excitent énormément. Tu te penches, attrape mon visage et m'embrasse à pleine bouche, ta langue me fouillant. Ce baiser est fougueux. Notre invitée nous rejoint dans ce baiser intense que nous partageons à trois, faisant danses nos langues entre elles.

Tu fais relever notre partenaire, attrape une capote que tu enfile pendant qu'elle se place juste au-dessus de toi. De ta queue tu caresses son clito et sa petite chatte toute ouverte. Puis tu la sens descendre et s'empaler doucement et profondément sur toi. Tu râles du plaisir qu'elle te procure. Je te regarde avec délice, excitée de te voir la prendre. Je me place alors derrière elle, l'embrasse dans le cou, lèche son oreille. Je passe mes mains sur ses épaules, descends sur ses seins pleins et tendus. Je les prends dans mes mains, les caresse, joue avec leurs pointes qui se tendent dans ma paume. Elle se branle sur toi, renverse ta tête en arrière, attrape mon visage pour m'embrasser pendant que je pince ses tétons sensibles entre mes doigts. Tes doigts rejoignent les miens sur ses seins avant de monter vers nos bouches. Nous les léchons avec délice. Puis te descend tes mains sur ses hanches pour accompagner ses mouvements sur ta queue. Je continue de pincer ses tétons, la sentant sensible à la douce douleur que cela procure. Elle accélère ses mouvements sur toi, ses hanches au rythme que guident tes mains sur elle. Elle gémit de plus en plus. Je ne lâche pas ses seins, son cou, sa peau. Nous l'accompagnons dans son orgasme qui monte de plus en plus jusqu'à son explosion dans un râle rugissant de plaisir. Je la câline quelques instants pour l'aider à calmer ses pulsations.

Elle se relève de tes genoux. Nous nous regardons, excités et tu me dis que tu as encore une petite faim et que tu ferais bien rugir une deuxième lionne. Je te réponds :

- mais avec plaisir mon ours.

Je m'allonge à même le sol de velours de la cabine d'essayage. Tu viens au sol. De ta bouche tu remontes mes jambes en semant des baisers dessus. Puis te remontes vers ma bouche que tu embrasses goulument. Nos yeux excités ne se quittant pas. Ta langue descend vers mon cou, mes épaules, mes seins où tu t'arrêtes quelques instants pour les déguster et me faire gémir. Notre jolie vendeuse est assise sur le tabouret et se caresse doucement, toujours pleine du plaisir ressenti. Tu poursuis ton chemin vers mon ventre, mon clito gonflé et ma chatte que tu déguste lentement de grands coups de langue experts et ciblés. Je gémis de plus en plus, me délectant du plaisir que tu me procures. Je relève ta tête et te dis que j'ai envie de toi maintenant. Alors tu viens au-dessus de moi :

- patience ma belle lionne.

De ton sexe dur tu me caresses le clito, les côtés de ma petite chatte, mes grandes lèvres que tu ouvres puis je te sens entrer en moi de ta queue sublime. Je passe mes jambes de chaque côté de tes hanches pour mieux te sentir en moi.

Notre belle vendeuse s'approche alors de nous, t'embrasses pleine bouche avant de se pencher vers moi pour lécher mes seins et les faire pointer. Puis elle m'embrasse, sa langue s'enroulant autour de la mienne. Je lui dis :

- Approche toi de ma bouche que je te goutte.

Elle vient alors au-dessus de ma bouche, me présentant son abricot lisse que j'ai hâte de retrouver. Je la caresse de ma langue au rythme des coups de rein de mon homme. Doucement d'abord pour la savourer, sucer son clito, mordiller ses lèvres, les écarter de ma langue pour la prendre de ma langue. Ses gémissements sont lents, doux. Elle a fermé les yeux, toute concentrée sur le plaisir que je lui procure. Mon homme intensifie ses coups de reins, de grands coups que je sens au plus profond de moi. J'en fais de même avec la petite chatte juste au-dessus de ma bouche. Je la prends le plus loin que je peux. J'agrippe tes hanches de mes cuisses encore plus fort pour que tu accélères rythme le plus possible. Tes coups de reins me rendent folle. Notre vendeuse me murmure :

- laisse toi aller ma belle, jouie, savoure, explose.

Comme si je n'attendais que son aval, dans un dernier coup de rein, j'explose dans un orgasme fort et je te sens exploser en moi au même instant.

Notre vendeuse m'embrasse doucement et se relève. Tu t'allonges sur moi. Je te prends dans mes bras et te caresse doucement dans le dos. Nous regardons notre jolie vendeuse se rhabiller doucement, prenant le temps de prendre ses vêtements éparpillés au sol dans des poses très sexy tout en se caressant et ondulant. Le spectacle m'excite et me régale. Nous la regardons poursuivre son show pour notre plus grand plaisir. J'ai comme une très grosse envie de la caresser pour un nouveau numéro de plaisir.

Le Cinéma

Le cinéma

Nous sommes au cinéma. Tu me précèdes pour aller tout au fond de la salle. Nous nous installons sur un fauteuil double. Je m'assieds à ta gauche. J'ai mis ma petite jupe bordeaux fendue sur le côté et un chemisier noir dont j'ai déboutonné les premiers boutons sur mon décolleté trop généreux pour ton plus grand plaisir. Tu as passé ton pantalon chino noir et ta chemise bleue pâle dont tu as retroussé les manches sur tes bras. Nous discutons un peu pendant que la salle se remplie. Tout à coup, les lumières s'éteignent plongeant la salle dans la pénombre. Le film commence enfin.

Nous nous tournons l'un vers l'autre et nous embrassons langoureusement pour nous souhaiter une bonne séance. Nous croisons le regard coquin de l'autre. Nous nous rapprochons l'un contre l'autre. Nos mains sont posées sur la jambe de l'autre. Nous nous caressons doucement au travers des tissus. Ma main remonte un peu et je sens une bosse se former sous ton pantalon. J'aime sentir que tu réagis à la moindre caresse que je te procure. Je m'attarde doucement sur cette bosse, m'amuse à te faire gonfler et durcir. Je sens sous mes doigts le volume de ta queue grossir et cela m'excite follement. Ta main remonte alors sur mes chevilles nues, sur mes jambes, se dirige doucement sur mes cuisses. Je sens le bout de tes doigts faire frissonner ma peau. Tu écartes un peu mes cuisses pour pouvoir remonter plus haut encore. Tu fais courir le bout de tes doigts sur mon entrejambe, là où la peau est douce et sensible. Je sens un de tes doigts sur ma culotte, me caresser doucement. Ma main continue de te caresser à travers ton pantalon. Nous nous tournons vers l'autre, je t'embrasse dans le cou, sur ton oreille, te chuchote que si tu continues ainsi avec ton doigt, je risque d'être toute mouillée. Ce qui te fait sourire et caresser plus fort ma culotte. Ta bouche cherche la mienne et nos langues jouent ensemble. Nous nous réinstallons pour suivre le film, nos mains toujours à nous caresser doucement.

Lorsque je tourne la tête vers ma droite, je vois qu'un homme est venu s'installer deux fauteuils plus loin. Il est très brun avec une belle barbe bien fournie comme j'aime. Il porte un polo d'où je vois dépasser un tatouage sur son bras musclé. Cet homme nous regardait nous embrasser. Quand je croise son regard excité par nos caresses, il se retourne pour regarder le film. Sa présence m'excite un peu plus et tu me sens mouiller davantage sous ton doigt qui s'aventure sous ma culotte et trouve mes lèvres avec lesquelles tu joues. Je sens ton doigt titiller mon clito. Je regarde à nouveau cet homme qui ne manque rien de notre spectacle. Je te sens tout dur sous mes doigts. J'ouvre tes boutons de ta braguette pour faire sortir ton sexe. Il est là, dressé. Je ne peux m'empêcher de me lécher les lèvres en le voyant. Je pose le bout de mes doigts sur ta verge, elle perle. Je porte cette goutte à ma bouche, suce mon doigt en regardant cet homme. Il est en train de se caresser à travers son pantalon, il s'est rapproché d'un siège. Tu me vois regarder cet homme et sens l'excitation que sa présence me procure. Tu continues de me caresser ma petite corolle toute ouverte sous tes doigts experts. Tu écartes un peu plus mes cuisses et remonte ma jupe. Je sens un doigt entrer entre mes lèvres. Je ne peux retenir un gémissement que tu fais taire d'un baiser. Tu me sens toute mouillée. Je sens ensuite un deuxième doigt. Je gémis à nouveau. Tu me fais taire à nouveau d'un baiser et me murmure que si je ne me tais pas tu vas enlever tes doigts de mon intimité. Je te fais signe que je vais rester silencieuse malgré le feu qui me consume.

Quand je me retourne cet homme est maintenant sur le siège juste à côté de moi. Il se caresse sur son pantalon là où une belle bosse s'est formée. Je le regarde et lui montre comment je te caresse doucement, ma main toute entière sur ton sexe. Je sors tes bourses de ton pantalon et les caresses, les faisant disparaître dans le creux de ma main. Il regarde ton sexe dressé, dur sous mes doigts.

Je le vois excité de ce qu'il voit. Je te regarde et te vois excité de ce qui se passe. Je pose ma deuxième main sur la cuisse de mon voisin, remonte sur son pantalon qu'il s'empresse d'ouvrir pour en faire sortir sa queue veinée plutôt courte et très dure. Je la prends dans ma main. Je vous branle tous les deux en vous regardant tour à tour. Tes doigts me sentent tellement trempée. Tu continues de me branler : un doigt, deux doigts, trois doigts...Tu sais à quel point ce rythme me rend dingue. Cet homme passe sa main sous mon haut, il vient caresser mes seins, jouer avec mes tétons. Il ouvre un peu plus mon chemisier pour mieux caresser mes seins tendus. Je me tourne vers toi et t'embrasse à pleine bouche puis je l'embrasse lui longuement. Sa langue cherchant tout de suite la mienne.

Lorsque je me penche vers toi, tu retires ta main de mon abricot et viens me donner à lécher tes doigts imbibés de mon plaisir. Je les lèches uns à uns en te regardant dans les yeux. Puis je me penche vers tes jambes et commence à te sucer la queue doucement, avec de grands coups de langue qui parcourent tes bourses, ton membre jusqu'à cette verge qui perle. Je cueille cette goutte du bout de la langue, la déguste avant d'ouvrir ma bouche en grand au dessus de ta queue bien large que je fais entrer en enroulant ma langue tout autour. Tu passes une main dans mon chemisier pour me caresser les seins. Notre voisin remonte ma jupe sur mes fesses et vient me caresser de ses doigts. Je le sens exciter un peu plus mon clito, enfoncer ses doigts en moi, y faire des vas et viens délicieux. Tes doigts pincent mes tétons comme j'aime. Je lèche ton sexe, déguste tes bourses. Je mouille ta queue, la prend en bouche, fait des va et vient avec. Tu es très excité. Je me relève, t'embrasse, tu te penches, attrape un sein et viens embrasser mon téton que tu as rendu sensible.

Je me tourne vers cet homme, l'embrasse puis me penche pour le sucer aussi, le lécher, continuer de le faire durcir, me délecter de cette queue fine que je prends entièrement en bouche. Je sens tes doigts jouer avec l'humidité de mes lèvres puis remonter vers mon petit trou que tu humidifie. Je sens ensuite ton doigt entrer en moi. Je suce cet homme au rythme de ton doigté. Tu vois que cet homme ne quitte pas ta queue des yeux. Tu te caresse devant lui, le voit très excité. Tout à coup, les lumières se rallument. Le film est déjà fini. Nous nous rhabillons rapidement. Nous levons. Nous proposons à cet homme de venir prendre un verre avec nous, nous avons un logement juste à côté. Ce qu'il accepte.

Nous quittons le cinéma et rejoignons notre appartement. Les regards sont excités et un peu intimidés sans la pénombre de la salle de cinéma. Dans l'ascenseur, je suis devant vous et en profite pour passer ma main derrière moi pour vous caresser et vérifier que vous êtes toujours aussi durs de désir. En arrivant à l'appartement, tu proposes à notre invité de s'asseoir à côté de toi sur le canapé. Je m'assieds sur la table basse face à vous. Je lui dis que j'ai remarqué que le sexe de mon ami lui plaisait beaucoup pendant le cinéma. Il me dit qu'effectivement il trouvait cette queue superbe. Je lui demande s'il veut la déguster avec moi. Il nous regarde avec un grand sourire. Je fais descendre ton pantalon et ton boxer, libérant ta queue. Nous nous regardons avec cet homme, te regardons, je m'agenouille devant toi, lui se penche vers toi et tu sens nos deux langues te parcourir sur ta peau si douce et dure à cet endroit. Tu gémis sous ces premières caresses mélangées, savourant ces deux langues sur ton membre. Tu sens nos langues te parcourir, te caresser, te lécher, t'humidifier et tu gémis grâce à notre gourmandise. Tu nous regarde nous embrasser lorsque nos langues se croisent sur ta verge. Je sens alors notre invité insinuer un doigt en moi et me pénétrer au rythme de nos coups de langues sur toi.

Après quelques minutes, je l'embrasse et lui dit qu'il est temps que nous dégustions sa belle queue. Il se rassied, descend son pantalon, libérant ce sexe. Nous nous regardons avec mon homme, nous sourions. Je laisse mon homme parcourir ce sexe de ses doigts. Puis je pose ma langue sur tes doigts sur sa queue. Tu le branles et je pose ma bouche sur sa verge que je mordille doucement. Nous l'entendons gémir de plus en plus. Il aime être pris en main. Nous échangeons : je le caresse sur ses bourses pendant que tu le caresse de ta bouche, l'avalant tout entier dans ta bouche. Je masse plus fort ses bourses tout en serrant fort la base de sa queue que tu aspires, lèche, mordille. Il gémit, se tendant sous le plaisir que nous lui procurons. Nous nous regardons et sommes excités de cette dégustation conjointe. De ma deuxième main j'attrape ta queue que je branle à la vitesse que tu suce la sienne.

Je me relève, et viens me placer derrière lui. Pendant que tu poursuis sa fellation, je caresse ses épaules, son torse, enlève son polo, passe mes doigts sur ses bras musclés qui m'ont plu au cinéma. Je l'embrasse doucement au niveau de son oreille, que je lèche. Je lui fais écouter mon souffle, mes mains sur son torse. Je te regarde et fais descendre mes mains sur ses cuisses que j'écarte largement. Ta langue s'immisce alors derrière ses bourses, doucement tu le lèches, te dirigeant vers son petit trou, que tu caresses de ta langue doucement longuement. Ma main est sur sa queue que je branle. Il attrape mon visage, m'embrasse à pleine bouche, gémissant de plus en plus. Tout à coup lorsque tu enfonces un doigt lubrifié en lui, il se tend, soupire longuement. Ton doigt poursuit son chemin doucement et longuement. Il te sent en lui, se crispe sous le plaisir que tu lui procure. Pendant ces caresses je continue de l'embrasser dans le cou, sur les oreilles, sa bouche. Lorsque tu le sens prêt, tu insères un deuxième doigt dans son petit trou qui se dilate au contact de tes doigts. Tu poursuis tes caresses, attentif au plaisir qu'il éprouve. Tu sens son petit trou se tendre, se contracter autour de tes doigts signe de la jouissance qui est proche.

J'attrape un plug que je lui montre et lui fais lécher avant de te le tendre. Tu enlèves doucement tes doigts de son petit trou et tu prends ce plug, le fait parcourir sa peau, son sexe, caresser son petit trou, tourner tout autour en réduisant de plus en plus les cercles pour être juste à l'entrée. Tu le regardes, me regardes puis insère doucement ce plug en lui. Je le sens se tendre, gémir de cet objet qui entre en lui. Je caresse doucement sa queue tellement dure. Il est tendu à l'extrême. Tu fais aller et venir ton plug au rythme de mes caresses sur sa queue. Il se tend encore plus, gémi, crie, s'agrippe au canapé avant d'être emporté par une vague intense de plaisir qui le fais exploser entre mes mains et hurler. Je continue de le caresser doucement pour accompagner son orgasme jusqu'au bout. Nous laissons notre invité reprendre ses esprits. Il nous explique que c'est la première fois qu'il ose ce genre d'expérience et qui a beaucoup aimé oser. Je lui demande s'il veut pousser l'expérience plus loin. Il nous regarde. Tu lui précise que nous nous arrêterons dès qu'il le souhaitera et que s'il souhaite découvrir plus, cela sera en total respect. Il nous dit qu'il aimerait beaucoup aller plus loin, qu'il se sent en confiance avec nous. Nous prenons le temps de prendre un verre et nous poser en papotant un peu.

Après un moment, il se tourne vers moi et nous nous embrassons. Tu viens te poser derrière lui et commence à le caresser dans le dos, l'embrasser dans le cou et nous rejoindre dans nos baisers que nous échangeons à trois. Nous mêlons nos langues, nos salives pour notre plus grand plaisir. Tu descends tes mains dans le bas de son dos. Je lui demande de se mettre à quatre pattes pour te faciliter les caresses. Je m'allonge devant lui, ouvre mes cuisses pour qu'il puisse y balader sa langue. Il suçote, lèche et torture mon clito, donne de grands coups de langue sur mes lèvres me faisant gémir de plus belle. Pendant ce temps, tu t'occupes de notre invité. Tu l'embrasses et lèches son petit trou encore tout ouvert de cette première expérience. Ta langue se balade tout autour et y entre. Notre invité interrompt ses caresses, tellement le plaisir est grand pour lui. Tu le sens prêt à te recevoir. Nous échangeons un regard complice, puis tu te places derrière lui. De ta queue que tu as capoté et lubrifié, tu le caresse tout autour, en réduisant les cercles de plus en plus, jusqu'à être à son entrée. Je te regarde faire, excitée par ce qui se déroule. Notre invité me regarde, je lui souris et le rassure. Alors tu entres doucement en lui. Il attrape ma main, se crispe un peu au début avant de savourer la sensation de ta queue en lui, en cet endroit encore inexploré et pourtant source de beaucoup de plaisirs. Tu commences à aller et venir doucement en lui. Tu le sens se serrer autour de ta queue, cette sensation est très excitante. Tu me demande de me mettre aussi à 4 pattes devant lui et lui propose de s'occuper de moi comme tu le fais pour lui. Ce que nous nous empressons de faire. Sentir sa langue puis sa queue me remplir progressivement à cet endroit si sensible. A son tour il entame des vas et viens qu'il cale sur ton rythme. Nous prenons énormément de plaisir tous les trois. Te savoir maître du rythme et de l'intensité, te fais accélérer la cadence. Tu veux nous sentir gémir encore plus et nous faire exploser. Les coups de reins dans nos petits trous augmentent, deviennent incroyablement jouissifs. Ce rythme atteint son paroxysme dans un tourbillon de cris et gémissements. Tu jouie au même instant en lui, te déchargeant du plaisir que tu as cumulé depuis le début de cette soirée.

Nous nous asseyons et soufflons quelques instants. Notre invité nous remercie de cette sensation que nous lui avons fait découvrir. Je lui explique que le champ des plaisirs est infini, qu'il suffit juste de tenter l'expérience en toute confiance. Je lui propose, s'il le souhaite une prochaine fois, que ça soit moi qui le prenne avec mon gode ceinture. Il me regarde alors avec beaucoup de gourmandise dans le regard avant de nous resservir un verre.

Galerie personnelle

L'Hôtel

A l'hôtel

Je suis en escapade avec mon amant. Pour une fois, il a pu s'éclipser deux jours et une nuit à l'occasion d'un congrès sur Paris. Je l'ai rejoint pour la soirée et la nuit. Nous sortons d'un petit restaurant italien délicieux et marchons dans les rues parisiennes à la tombée de la nuit. Le temps est chaud. Nous regagnons notre petit hôtel.

A notre arrivée à la réception, nous sommes accueillis par un très bel homme brun avec un beau regard vert. Pendant que mon amant règle sa chambre, je ne cesse de regarder cet employé. Son regard croise régulièrement le mien. Nous nous sourions, son sourire est délicieux et me réchauffe le corps. Mon complice récupère sa clé. Le réceptionniste nous souhaite une bonne soirée tout en continuant de me regarder. Nous regagnons l'ascenseur. Dans ma jupe qui moule comme une seconde peau mes fesses, je marche d'une manière sexy, sentant ce regard vert sur moi. Une fois dans l'ascenseur, mon amant me regarde avec un grand sourire, me disant :

— Je t'ai vu avec le réceptionniste, petite coquine.

Je lui souris, faussement sage. Mon amant appuie sur le bouton du 8ème étage. Les portes se referment sur nous.

Nous sommes face à face, nous regardant, sans nous toucher. La tension monte dans cette cabine. Au deuxième étage, les portes s'ouvrent sur deux couples âgés qui entrent. Nous nous reculons au fond de la cabine. Mon amant se place derrière moi. Tout à coup je sens sa main le long de ma cuisse. D'abord juste le bout de ses doigts qui remontent ma cuisse et parcourent mes fesses à travers le tissu. Des frissons me viennent immédiatement. Sa main poursuit ses caresses, puis je le sens qui relève ma jupe. Je sens alors ses doigts à travers ma culotte me caresser les fesses, l'intérieur des cuisses, me pincer la peau de ce cul que tu aimes temps. J'essaie de rester stoïque mais à l'intérieur de moi je bous déjà de plaisir. Je voudrais que tu me prennes là maintenant, dans cette cabine d'ascenseur. Mais déjà les portes du 8ème étage s'ouvrent. Nous sortons de la cabine et regagnons la porte de notre chambre d'hôtel.

Avant d'entrer dans la chambre, tu me plaques contre la porte et me murmure :

- Je suis sûr que je vais te sentir humide et chaude ma petite salope adorée.

Tu sais comme j'aime que tu me parles ainsi et à quel point ça m'excite. Tu remontes ma jupe sur mes hanches puis tu passes ta main dans ma culotte pour le vérifier. Un doigt se faufile dans celle-ci par le côté. Tu le ressors et le porte à ma bouche pour que je me suce.

- Goûte toi ma belle.

Tu ouvres la porte et nous découvrons cette chambre décorée avec goût. Nous n'allumons pas les lumières, la lumière extérieure éclairant un peu la pièce. J'avance un peu dans la chambre mais tu m'attrapes par la taille et me plaque contre un mur. Tu me dis que me voir allumer le réceptionniste devant toi t'as beaucoup excité. Et direct, je sens ta main sur le côté de mes cuisses, remonter sur ma culotte que tu enlèves. Tes doigts se faufilent et entrent en moi. Je te sens étaler mon humidité partout sur ma petite chatte qui est toute excitée. Je crie déjà de plaisir. Tu portes tes doigts à ma bouche, me les enfourne pour que je les suce et tu m'embrasse aussitôt, me goutant à travers ma bouche.

- Mais c'est que tu es déjà très excitée ma belle, c'est le réceptionniste qui te fait mouiller ainsi ?
- Il était très à mon goût. J'avoue vous avoir imaginé tous les deux me donnant beaucoup de plaisir.
- Tu aurais aimé avoir 2 queues à sucer ?
- Tu sais que je suis gourmande et ne refuse jamais de plaisir.
- Mais nous se sommes que tous les deux. Je vais devoir redoubler d'efforts pour te faire jouir comme une belle amante.
- Je n'ai aucun doute sur le plaisir que nous allons prendre.

Ta main retourne sur ma chatte, caresse mon clito. Tu le pince entre mes doigts, je gémis fortement instantanément. J'aime ce que tu me fais vivre. Ton corps est magique et ton regard de loup sur moi m'excite au plus haut point. Je veux me sentir salope et lionne ce soir. Tu te rapproches encore plus de moi, tes doigts toujours autour de ma chatte sans y entrer et me murmure à l'oreille :

- Ma petite salope, je suis sûr que si j'entre deux doigts en toi, tes muscles vont me happer et m'aspirer.
- Je te crie : Fais-le ! Je t'en supplie entre les en moi. Remplie-moi.

Ta bouche couvre la mienne, force son entrée pour enfourner ta langue en moi. Nos bouches se cherchent, se dévorent quand tu entres 2 doigts en moi. Une explosion de milliers de sensations me submerge immédiatement. Tes doigts ne me lâchent pas. Tu en entre un 3ème en moi et les fais me prendre de plus en plus vite. Je crie encore et encore sous le plaisir. Je ne sens plus rien que la sensation de tes doigts qui me prennent, je cherche ta bouche, la dévore.

- Encore ! plus fort ! je te demande
- C'est moi qui te dirige ce soir ! A genou, suce-moi !! et bien comme il faut. Je veux que tu engloutisses ma belle queue avant qu'elle te prenne. Miss suce-moi baise-moi.

Je souris à ce surnom que tu me donne et qui m'excite beaucoup.

Sous mon cri de désarroi, tu enlèves tes doigts de ma chatte, pose tes mains sur mes épaules et me fais descendre pour que je sois à genou devant toi. Tu sors ta queue et tes bourses bien pleines de ton pantalon :

- Suce-moi, baise-moi de ta bouche ma salope préférée.

J'ouvre grand ma bouche pour que tu y entres. Et je commence à te sucer goulument.

- Doucement, prends ton temps ma douce. Ma queue est toute pour toi.

Je ralentie alors le rythme, passe ma langue sur ta queue, puis sur tes grosses bourses pleines de mon futur plaisir. Je les avale, les caresse de ma langue à l'intérieur de ma bouche. Ma main te branle en même temps. Et je t'entends gémir. J'aime te faire cet effet. Ta queue durcit encore sous ma main. Tu attrapes ma tête me tends ta queue pour que je l'avale. Tu me pousses pour que tout ton sexe bien dur entre dans ma bouche.
- suce moi ma salope, bien profond. Prends la bien en bouche. Ouiiii. C'est bon ça.

Je me régale d'avoir la bouche pleine de toi. Je continue de t'avaler le plus que je peux tout en massant tes bourses. Je veux te faire venir dans ma bouche. Tu le sens. Tu me recules.

- Non ma belle, pas tout de suite. Je vais d'abord m'occuper de toi et te faire jouir comme il se doit.
- Mais j'ai envie de te goutter mon ours

Tu attrapes mon menton, redresse mon visage vers toi :

- Je te rappelle que ce soir c'est moi qui décide ma douce.

Tu me relève et viens me plaquer à genoux contre le lit. Tu me donne une fessée magistrale qui claque tellement fort. Je crie sous la surprise et le plaisir intense que tu viens de me provoquer. Deux nouvelles fessées retentissent accompagnées de mes cris de plaisir. Je sens mon cul rouge et échauffé. J'aime cette sensation.

- Je décide ce soir, laisse toi faire ou je te donne encore la fessée petite lionne.
- Oui d'accord. Je te laisse diriger notre plaisir.

Je te sens t'agenouiller contre moi, tes mains agripper la peau de mon cul et ta bouche vient me fouiller. D'abord de grands coups de langue partout sur mon entrejambe, mon clito brulant, mes lèvres toutes ouvertes. Ta bouche embrasse mon cul rougie de tes mains. Tu le mords aussi et je crie à nouveau. J'aime quand tu te fais lion. Tu promènes tes doigts sur mon clito. Puis tu en fais en enfoncer un en moi, puis 2, puis trois. Tu me masturbe ainsi de plus en plus fort. Lorsque tu me sens prête à jouir, tu retires tes doigts. Je crie de frustration et te déteste de jouer ainsi avec moi.

- Pas si vite, ma lionne.

Je ne peux retenir un cri de frustration. Tu me fesses alors à nouveau. Mon cul est tout rouge. Ta langue vient le lécher avant de le mordre. Je crie à nouveau. Je sens ta langue se concentrer sur mon cul, faire le tour de mon petit trou. J'aime ta langue ici et la sentir me prendre, s'immiscer dans mon intimité. Tes doigts s'insèrent dans ma chatte toute ouverte et humide. Je sens 3 doigts en moi. Je suis trempée du plaisir que tu me donnes avec ta langue et tes doigts. Tu les ressors et étale ma mouille partout sur ma chatte. Puis tu me pénètre à nouveau de tes doigts. Je sens 4 doigts en moi et je te sens insérer le dernier. Tu me fiste. Je me sens remplie de toi. Je crie mon plaisir et le bonheur de d'être prise ainsi. Tu remplaces alors ta langue sur mon petit trou par ta queue qui vient contre moi et entre doucement en moi. Nous gémissons de ce plaisir intense. Ta queue toute entière en moi, tu vas et viens vite et fort, tes doigts me remplissant et me procurant énormément de sensations en moi.

- Tu aimes que je te remplisse petite chienne
- Baises moi plus fort !

- Comme ça ? me dis-tu en accentuant tes mouvements
- Oui. Viens en moi. Fais-moi jouir
- Patience ma lionne.

Les mouvements de ton sexe et ta main augmentent encore et encore en moi. Je te sens prêt à exploser. Alors je donne des coups de hanche jusqu'à ce que nous soyons emportés par une vague immense de plaisir. Nous crions notre bonheur. Tu jouie dans mon petit cul dans un râle puissant. Tu te retires tout doucement de moi, prenant le temps de sortir ta main et ta queue lentement. Puis tu me prends dans tes bras pour me câliner.

Quelqu'un frappe à la porte. Nous nous regardons. Tu enfile ton boxer et va ouvrir. Je suis assise au sol contre le lit. J'entends le réceptionniste dire qu'il se permet de nous déranger car des gens se sont plaints que nous faisions beaucoup de bruit. Ce qui me fait sourire. Tu lui ouvres la porte, le laissant entrer. Il se retrouve face à moi, nue au sol, un sourire plein du plaisir pris aux lèvres.

- C'est à cause de ma maitresse ce bruit. Elle ne sait pas prendre de plaisir en silence. Et c'est aussi de votre faute. Vous lui plaisez beaucoup, je crois qu'elle vous a imaginé avec nous. Je crois qu'elle a très envie de vous gouter.

Le réceptionniste rougie en me regardant. Je soutiens son regard et passe ma langue sur mes lèvres. Je peux voir à la bosse qui se forme dans son pantalon qu'il apprécie. Alors je me mets à quatre pattes et viens en rampant vers lui mes yeux dans les siens. Son regard est excité au possible de me voir ainsi soumise à ses pieds. Mon amant s'assied dans le fauteuil pour regarder la scène.

- Regarde comme cette belle salope est à tes pieds. Donne-lui ta queue à lécher. Elle ne demande que ça et elle est douée.

Le réceptionniste ouvre alors son pantalon, baisse son boxer et me tends sa queue déjà dure d'excitation. Je m'empresse de la câliner de ma langue que j'enroule tout autour de cette peau divinement douce. Ma langue s'égare ensuite sur ses bourses, remonte tout son membre que je sens durcir et que je vois grandir à vue d'œil.

- Sa queue te plait ma belle ?
- Oh que oui. J'aime comment elle grossie. Je réponds la bouche pleine
- Tu aimes comment elle te suce ?
- C'est un véritable plaisir. Répond le réceptionniste
- Encourage la, parle lui crûment elle aime beaucoup ça. Lui indique mon amant. Elle est là pour notre plaisir ce soir. C'est nous qui dictons nos envies.

- Tu veux une grosse queue bien dure petite cochonne ? me demande le réceptionniste.

Mon regard se fait pétillant et gourmand. J'aime qu'il joue le jeu.

- Oui donne-moi ta grosse queue bien dure.
- Ouvre grand la bouche que je te l'enfonce !

Je m'exécute avec empressement. Notre invité me fourre sa queue dans la bouche et me l'enfonce loin. Je referme ma bouche dessus et la suce avec gourmandise. Je l'entends gémir à chaque fois que ma bouche se referme et le suce. J'aime ce plaisir qu'il ressent. Je suis très excitée par ce moment. Je le suce encore et encore, ne lâchant pas son membre.

- Doucement petite vorace tu vas le faire venir beaucoup trop vite. Viens me voir à 4 pattes, moi aussi je veux ta langue.

Je me tourne alors vers mon amant, mon regard affamé, il a sa queue entre les mains et se branle. Pas après pas, je me dirige dans cette position vers lui. Lorsque je suis à ses pieds, il me tend son sexe et me l'enfourne dans la bouche. Ses mains sur ma tête, il guide ma fellation sur son sexe. Ma bouche est pleine de lui.

- regarde comme son cul est beau et bien ferme. Je l'ai rougie tout à l'heure mais pas assez, viens lui donner la fessée. Et que ça claque bien.

Demande mon amant entre deux gémissements, à notre invité.

Sans que je n'aie eu le temps de me préparer une fessée me tombe dessus. Je crie la vague de plaisir qui monte en moi. Notre invité renouvelle ses fessées. Elles sont fermes, fortes et claquantes comme j'aime. Je crie à chaque fois tout en poursuivant une fellation affamée de mon amant.

- Tout doux ma belle. Nous n'en avons pas encore fini avec toi.
- Déshabille-toi pour nous, demande notre invité.
- Très bonne idée. Aller ma chérie montre nous ton corps sublime.

Je me relève, je n'ai plus beaucoup de vêtements à enlever. Mais je prends le temps de déboutonner mon chemisier lentement. Ma langue sur mes lèvres et mon regard qui va de toi à lui. Lorsque les boutons sont enlevés, je descends le chemisier sur mes épaules et le laisse tomber à terre. Je ne suis plus qu'en soutien-gorge noir, bas et chaussures. Je commence à me caresser les seins, je passe une main sous un bonnet pour attraper la pointe de mon sein et jouer avec. Je gémis sous ces caresses. Je fais tomber ensuite les bretelles puis le dégrafe pour vous offrir la vue de mes seins. Je les caresse un peu, m'amusant avec leur pointe bien dure. Puis je me tourne, et me baisse vers mes chaussures, vous offrant une vue imprenable sur mon intimité bien humide. Je retire une boucle de chaussure, puis l'autre, prenant mon temps afin que vous puissiez profiter longuement de la vue. Je passe une main entre mes cuisses, caresse mon clito tout en gémissant.

- Non ma belle, c'est nous qui te donnons du plaisir. Je t'ai juste demandé de te déshabiller.

En deux pas, tu es derrière moi et m'administre une nouvelle fessée sur mon cul déjà bien sensible. Je crie à nouveau.

- Ma petite lionne tu rugie trop ! Nous allons devoir y remédier me dis mon amant.

Tu me fais me relever et m'allonge sur le lit. Notre invité te tends alors ma culotte qu'il vient de renifler.

- A toi l'honneur, tu as eu l'idée mon ami.

Notre invité me fourre ma culotte dans ma bouche, m'empêchant ainsi de crier mon plaisir. Il descend ensuite vers mes grandes lèvres.

- Je vais pouvoir te déguster à ma guise maintenant

Tes mains me caressent le cou et descendent sur mes seins. Tu les caresses, les couvres de tes mains, tire sur les pointes, ce qui me fait tendre. Puis ta bouche s'en empare pour les lécher, les sucer, les aspirer, les mordre, les pincer sur tes lèvres. Notre invité poursuit son exploration de mon abricot remplie de sensations. Sa langue caresse mon clito, le torture pendant que ses doigts me prennent. Entre ses doigts et ta bouche, je suis tendue de plaisir. Je voudrais crier mais ma culotte dans la bouche m'en empêche. Mon plaisir est entièrement coincé en moi, il est comme décuplé. Mes yeux hurlent mon désir.

Notre invité n'en peut plus, il attrape une capote sur la table de nuit, l'enfile sur sa queue tendue à l'extrême puis me prends. Il s'enfonce en moi et j'aime la sensation de sa queue qui me prend. Mon amant me regarde avec beaucoup de plaisir tout en continuant de torturer les pointes de mes seins.

- Poursuis ainsi, je crois que notre belle maîtresse a un orgasme qui monte. Baise-la bien de ta queue.
- Je la baise, ta chatte est très bonne. Tu sens comme je te pilonne.

Je ne peux leur répondre mais leur rythme intense et dur m'emporte dans un orgasme qui me fait hurler à l'intérieur. Je suis épuisée par cette nouvelle vague de plaisir mais mon amant n'entend pas me laisser me reposer.

- Tu voudrais lui prendre son petit cul ? demande t'il à notre invité ?

- Oh que oui. Je veux lui baiser son cul.

Mon amant me fait me retourner à 4 pattes sur le lit. Je sens mes deux complices se reculer et m'admirer dans cette position soumise. Je sens le plaisir déjà revenir et la frustration qu'ils ne me touchent plus. Je voudrais leur dire de me baiser à nouveau mais je ne peux qu'attendre. Tout à coup une fessée impériale retentie suivie d'une deuxième qui claque sur la peau tendue de mon autre fesse. Je sens mon fessier rougie. Et cela m'excite.

- Tu en veux encore petite cochonne, demande notre invité

Et sa main s'abat à nouveau sur moi. Une onde de plaisir m'envahit à chaque fois. Les fessées de mes deux amants se multiplient. Je ne sens plus qu'une chaleur intense.

- Tu aimes ça ma salope. Me dit mon amant. Mais là j'ai envie de toi et je crois qu'il est venu le temps de te remplir de nos deux queues. Mon amant se tourne vers notre invité : Comment veux-tu la prendre ? Par devant ? Par derrière ?
- Par derrière. Je veux baiser son cul, si vous le permettez
- Mais bien sûr. Répond mon chéri.

Mon amant s'allonge sur le lit, je viens au-dessus de lui et caresse mon bouton de plaisir le long de son sexe bien dur. Puis je m'empale sur sa queue dressée. Mon regard ne quitte pas le sien pendant que je le sens s'enfoncer en moi. Je commence à aller et venir au rythme de ses gémissements. Puis je sens notre invité venir derrière moi. Sa queue bien dure le long de mon petit trou. Petit à petit, elle glisse en moi et entre au plus profond de mon cul.

Vous commencez alors à aller et venir en moi. Sentir vos queues en moi, me remplir de partout, sentir son poids sur moi, ton regard dans le mien, tes mains sur mes seins me rend dingue. Vous accélérez le rythme. Je ne tiens plus et enlève ma culotte de la bouche. J'ai besoin de m'exprimer.

- Baisez-moi. Encore. Plus fort. Oui. Je crie tellement le plaisir m'envahie.

Je m'accroche à mon complice pendant que vous accélérez le rythme. Je sens un puissant orgasme monter, monter encore et m'envahir.

- Oui, je viens. Encore.

Je vous sens vous tendre et vous entends gémir de plus en plus fortement. Notre jouissance est proche et fini par nous emporter dans des cris et des émotions incroyables. Je me laisse tomber dans tes bras où tu m'enveloppe doucement. Notre invité se retire doucement, dépose un baiser sur mon épaule. Il ramasse ses affaires et s'éclipse doucement de la chambre.

Le lendemain matin lors de notre départ, nous remettons notre clé de chambre à notre réceptionniste. Il n'est pas seul mais je lui fais un clin d'œil et un sourire qu'il me rend. Je suis sure que les images de notre soirée lui reviennent en tête. Puis mon amant mets sa main dans la mienne et nous quittons l'hôtel pour entamer une belle journée.

 @Regards_et_desirs

La Découverte

La découverte

Nous sommes vendredi soir, ma semaine est enfin finie. Je me dépêche de rentrer chez moi pour finir mes bagages. Stéphane, mon complice, mon ami, mon amant ne va pas tarder à passer me chercher. Sa proposition de partir pour le week-end avec ses amis tombe à pic… Non seulement je vais pouvoir passer un peu de temps avec lui mais en plus cette bulle de bonne humeur va être parfaite pour décompresser. En sortant de la douche, j'enfile mes bas, mon ensemble rouge et noir et ma robe noire longue et près du corps avec les boutons de têtes de morts sur le buste. Je complète avec quelques bijoux. Je récupère mes chaussures en velours rouges sous mon lit. A son arrivée, je retrouve Stéphane avec plaisir. Il passe sa main autour de ma taille juste en bas du dos, m'embrasse dans le cou, souffle à mon oreille qu'il est très excité par ce week-end. Il attrape ma main et me fait tourner sur moi-même, me regarde et me dit :

- sexy et rock'n roll comme j'aime. Tu me gâte.

Je lui souris. Il m'entraîne vers sa voiture et nous nous mettons en route. Ses amis habitent en bord de mer. Lorsque nous arrivons dans leur village, nous ouvrons les vitres pour sentir le vent iodé. Le stress de la semaine s'envole au fur et à mesure.

En arrivant nous sommes accueillis par notre hôte et sa femme. Tout le monde est déjà là et nous taquine de notre retard. Stéphane me présente à ses amis. Parmi eux, il y a une femme typée asiatique très brune, les cheveux mi-longs. Elle dégage quelque chose de félin dans sa façon d'approcher. Et son regard en amande me transperce. J'y lis à la fois de la pudeur, du charme, de la légèreté et une douceur incroyable. Ses lèvres…je m'imagine déjà les embrasser. Je lui retourne son regard et lui souris, elle me sourit timidement. Stéphane qui n'a rien perdu de la scène me donne un coup de coude et me sourit avec un clin d'œil. Il me présente alors Milena. Elle est exactement le genre de femme qui me plait et m'émeut. Stéphane me chuchote qu'il savait que j'aimerai le week-end.

Nous nous installons et profitons de la soirée. Un apéro dinatoire est servi. Nous trinquons tous ensemble à cette soirée. Les rires fusent, l'ambiance est détendue. Je croise souvent le regard intimidé de Milena. Je meurs d'envie de la toucher et j'ai l'impression de ne pas lui être insensible. Vient un moment où il est question des fantasmes de chacun. La chaleur monte et les rires se font plus excités. Le couple qui nous reçoit évoque leur envie d'oser un club libertin, un autre ami, son envie d'avoir deux femmes qui s'occupent de lui. Stéphane demande à Milena quel est son fantasme. Elle me regarde dans les yeux et répond qu'elle aimerait embrasser une femme. Son aveu me donne le sourire. Je la regarde et lui dit que ce fantasme pourrait être réalisé facilement ce soir. Elle me répond « chiche » à la fois déterminée et intimidée. Je lui réponds que si je l'aide à réaliser son fantasme je ne me contenterais pas d'un simple « smack » mais que ça sera un vrai baiser. Elle me sourit, toujours aussi déterminée et émue. Je sens Stéphane me regarder, je sais qu'il n'est pas insensible à ce qui se passe. Je me lève, m'approche de Milena. Mon regard ne la quitte pas, je veux qu'elle sente que c'est important pour moi aussi. Je passe ma main dans ses cheveux pour mettre une mèche derrière son oreille. Mes doigts poursuivent leur caresse sur le lobe de son oreille, sa joue. Mon regard est toujours plongé dans le sien. Mon autre main caresse son épaule, descend sur son bras, jusque sur le dos de sa main. Je me rapproche de son visage, pose mes lèvres doucement sur les siennes, comme une caresse. Mes lèvres se font plus insistantes, j'entrouvre ma bouche pour que ma langue caresse ses lèvres doucement. Je sens ses lèvres s'ouvrir sous mes caresses, ma langue poursuit alors son chemin dans la chaleur de sa bouche. Sa langue vient au contact de la mienne. C'est tellement doux et sensuel. J'en ai des frissons. Ma main enlace la sienne, mon autre main est sur sa joue. Nos langues s'enroulent, jouent ensemble. Je pose mes lèvres sur les siennes une dernière fois, me recule, la regarde toujours. Quel délice ses lèvres...j'en veux plus. Elle me regarde avec gourmandise, ses joues sont rosies.

- Wahoo, c'était d'une douceur incroyable. me dit-elle.

Je retourne m'asseoir, regarde Stéphane au passage qui est, comme tous subjugué par ce qui vient de se passer. Je me rassois dans le silence. Notre baiser enflammé a perturbé tout le monde je crois. Après ce petit intermède nous reprenons notre soirée. Je croise beaucoup le regard de Milena. J'y lis à chaque fois la même détermination qu'au début mais de moins en moins de timidité. La soirée se poursuit. Le vin coule, les rires fusent. La musique nous accompagne et nous donne envie de danser un peu…pour ceux qui n'ont pas trop bu ! J'esquisse quelques pas de dance avec Milena. J'ai besoin de la toucher, de sentir sa peau.

La soirée touche à sa fin. Les garçons qui ont bien bu, ronflent sur le canapé. On dirait de gros bébés. Je monte pour me coucher. Je récupère ma nuisette dans la chambre et file dans la salle de bains. En refermant la porte derrière moi, je m'aperçois que Milena est déjà dans la salle de bains. Elle est en nuisette. Je m'excuse et m'apprête à ressortir mais Milena me dit « reste ». Je lui dis que je venais prendre une douche. Elle me dit qu'elle y allait aussi. Je m'approche d'elle, fais tomber sa nuisette à ses pieds en la regardant dans les yeux. Je fais descendre la mienne aussi. Je prends sa main et l'entraîne vers la douche. Je fais couler l'eau. Pendant qu'elle se réchauffe, je remonte ma main sur son bras, dans son cou, je caresse son oreille, m'approche tout près d'elle et retrouve ses lèvres si douces. Nous nous embrassons avec gourmandise. Je sens sa langue chercher la mienne, sa main se poser au creux de mes reins. Nous faisons couler l'eau chaude sur nos peaux. Je prends un peu de gel douche au creux de ma main. Je commence à caresser Milena en faisant mousser le gel douche sur sa peau. Elle en fait de même. La timidité de ces premières caresses ne dure que quelques instants. Nos gestes se font très vite gourmands. Ses mains viennent sur mes seins qu'elle contourne doucement jusqu'à attraper les tétons entre ses doigts. Je me place derrière elle, passe mes mains dans son dos, descend en suivant la courbe de sa colonne vertébrale vers ses fesses toutes arrondies. Mes mains passent devant elle, vers ses seins ferment qui pointent. Je viens tout contre elle, mes seins, mon ventre collé à son dos. J'ondule contre elle. Elle penche sa tête en arrière, j'embrasse son cou, mordille son oreille. Mes mains toujours sur ses seins que je masse, caresse, nous nous embrassons. Nos langues s'enroulent. Cette sensualité est délicieuse.

Le bout de mes doigts descend sur sa peau, son ventre, son nombril doucement en savourant sa peau douce. J'arrive sur son pubis, caresse sa toison fine. Le bout de mes doigts continue de descendre sur son petit bouton que je sens durcir sous mes caresses. Elle gémit. Je poursuis ma descente, vient caresser le côté de ses lèvres. Je m'amuse avec, les contourne, les prends entre mes doigts. Je les écarte doucement, et fais entrer un doigt dans son intimité. Elle s'agrippe à mon bras, gémie de plus belle. J'enfonce un peu plus mon doigt entre ses lèvres, j'enfonce un deuxième doigt en elle. Je la sens frissonner tout contre moi. Je l'embrasse dans le cou. Mon autre main parcourt son corps où l'eau ruisselle. Je fais des vas et vient avec mes doigts en elle, de plus en plus vite et profondément, je suis le rythme de ses gémissements. Je sens son orgasme monter en elle. Je lui chuchote qu'elle est belle au creux de son oreille, lui dit de se laisser aller, de laisser l'orgasme venir en elle. J'ajoute un doigt en elle. Je vais caresser son point G à l'intérieur. Et je la sens exploser, elle crie, frissonne toute entière, se tend et se relâche contre moi. Elle se tourne vers moi, nous tombons dans les bras l'une de l'autre. Je l'entends me murmurer « merci » tout contre mon oreille. Nous finissons de nous laver. Elle sort de la douche la première me tend une serviette dans laquelle je m'enveloppe.

Une fois séchée, elle s'assied sur la chaise. Je la regarde, elle est si belle ainsi et lui dis. Nous nous sourions. Je m'approche d'elle. Du bout de mes doigts je caresse son visage, passe ma main dans ses cheveux, frôle son oreille, Je suis le contour de son visage, son nez, passe sur ses lèvres qui s'entrouvrent, descend sur son menton. Mes doigts suivent la courbe de son cou, descendent entre ses seins. Le bout de mon doigt suit les courbes d'un sein. Je le sens frissonner sous le frôlement. Le trace des cercles de plus en plus petits sur son sein jusqu'à arriver à son aréole brune et son téton qui pointe tout dur. Je le caresse, le presse entre deux doigts. Je la vois bouger sur la chaise, mon regard est plongé dans le sien. Elle voit mes lèvres entrouvertes, ma langue qui les lèche délicatement. Mes doigts vont vers son autre sein, de même je le caresse, le frôle, touche à peine sa peau, je me joue de ce téton aussi dur que le premier. Mes doigts poursuivent leur chemin, descendent sur son ventre, s'attardent sur son nombril, viennent suivre la courbe de ses hanches.

Je m'agenouille devant elle, entre ses jambes qu'elle ouvre pour que je m'y glisse. Mes doigts descendent sur ses jambes, doucement, tout doucement, sans jamais la quitter du regard. Je la sens gémir. Je veux prendre mon temps, la savourer. Son corps me plait, m'attire. Je veux lui procurer de belles sensations. Mes doigts arrivent sur ses chevilles que je parcours doucement jusqu'à ces orteils. Mes doigts remontent ensuite sur le galbe de ses jambes, je suis l'intérieur de ses cuisses là où la peau est sensible, là où je la fais frissonner. Je remonte un peu plus, centimètre par centimètre. J'arrive si près de son intimité. Je caresse son pubis, ses quelques poils qui le recouvrent. Je descends sur le côté de ses lèvres, la caresse juste là. Mon doigt revient vers son clito, s'arrête au-dessus, avant de le frôler pour la sentir gémir sous ce simple contact. Je le frôle plusieurs fois, en dessine le contour, les courbes de ce petit bourgeon qui va lui procurer beaucoup de plaisir. Mes frôlements se font caresses plus appuyées, plus intenses, plus accélérées. Je la sens gémir, se tendre sous le plaisir. Je la sens essayer de se contrôler. J'accentue mes caresses pour qu'elle se laisse aller. Un autre doigt vient caresser le côté de ses lèvres, frôler ses lèvres, les toucher. Je tire un peu dessus tout en continuant d'exacerber les caresses sur son bourgeon. Elle ne tient plus. Je lui dis de se laisser aller. J'appuie alors plus fort sur son clito. Elle se laisse submerger par une vague de plaisir. Elle se tend tout entière, gémi, rougie, ferme les yeux pour savourer encore plus puis elle me regarde et ses yeux sont emplis de tellement de plaisir que je ne peux m'empêcher de venir l'embrasser à pleine bouche, encore et encore. Que c'est bon de lui procurer ce plaisir, de parcourir son corps. Elle est faite pour recevoir des caresses. Elle me dit :

- Encore, s'il te plait, encore, touche moi, caresse moi, je veux encore voir les étoiles.

Je m'agenouille à nouveau devant elle, lui sourit avec gourmandise et lui dis que je ne comptais pas m'arrêter maintenant. Mes doigts reviennent sur son clito tout tendu, tout sensible. Je joue avec, il est encore gorgé du plaisir qu'il a ressenti. Mes doigts viennent sur ses lèvres, que je caresse, prends entre mes doigts.

Tout à coup, j'enfonce un doigt entre ses lèvres, doucement, patiemment jusqu'à sentir la chaleur se sa cavité. Je laisse mon doigt là un instant avant de commencer à la caresser à l'intérieur. Elle se tend à nouveau. Je sors mon doigt, lui porte à sa bouche, lui dit de se goûter. Elle le fait avec délice et plaisir. Elle est magnifique ainsi abandonnée au plaisir. Je porte à nouveau mon doigt vers son intimité, je tourne un peu autour pour la faire patienter puis j'entre à nouveau, de la même manière : doucement mais profondément. Je la vois gémir. Je ressors un peu mon doigt puis l'entre à nouveau profondément. Je répète ce geste encore et encore tellement j'aime la voir et la sentir se tendre autour de mon doigt. Je le sors de son antre, le porte devant ma bouche tout en la regardant. Je lèche le fruit de son plaisir, ce nectar délicieusement salé. Quel délice ! Je porte deux doigts devant ses lèvres toutes ouvertes. Ils entrent tous seuls tellement son corps les appelle. Elle gémit à chaque millimètre parcouru. Je fais des vas et vient avec mes doigts à l'intérieur de son corps. Je suis le rythme de ses vagues de plaisir. J'entre un troisième doigt en elle. Son corps est immédiatement parcouru de frissons de bonheur. Je poursuis mon exploration, intensifie le rythme jusqu'à ce qu'un nouvel orgasme l'atteint. Elle ne lutte pas, le laisse l'envahir, la remplir. Je ne ralenti pas le rythme pour l'accompagner jusqu'au bout. Et je sens tout à coup, une vague couler entre mes doigts, le long de mon bras. Elle me regarde incrédule, s'excuse, rougit de confusion. Je lui dis :

- Ne t'inquiète pas ma belle, tout va bien, le plaisir t'a tellement envahie que tu as été fontaine.
- C'est la première fois de ma vie que cela m'arrive. Tu me réponds toute rouge de plaisir.

Je suis touchée et émue d'avoir pu lui procurer cette sensation. Je la prends dans mes bras un instant, la câline doucement. Elle n'arrête pas de me remercier entre deux larmes de bonheur. Je n'arrête pas de lui dire à quel point c'est un honneur de lui faire découvrir ça, qu'elle me permette de parcourir son corps.

Après ces moments incroyables, je lui dis qu'elle est toute mouillée et lui demande de me laisser la lécher pour l'essuyer. Elle me regarde et je vois le plaisir affluer dans ses yeux. Elle écarte ses cuisses, se laisse aller sur le dossier de la chaise. Je redescends entre ses jambes. Je commence par lécher ses cuisses qui ont à la fois le goût de sa sueur et de sa cyprine. Ce mélange est un vrai délice. Ma langue remonte sur ces jambes jusqu'à ses hanches que je lèche. Cela la chatouille et nous fait sourire toutes les deux. Je poursuis mes caresses de ma langue sur son pubis puis sur son clito. Je le frôle, le lèche, le tète doucement, puis un peu plus fort. Il est si gonflé de plaisir, tout dur à l'intérieur de ma bouche. Je le suçote un moment, m'en délecte. Je descends ensuite à l'intérieur de ses cuisses, sur le côté de ses lèvres. Je leur donne de grands coups de langue comme si je voulais la laper. Sa peau est un délice. Elle a son goût que j'ai découvert sur mes doigts tout à l'heure. Je m'approche de ses lèvres, les lèche. Je les attrapes entre ma bouche pour les téter jusqu'à avoir complètement absorbé l'humidité de son plaisir. Je ne me lasse pas de la goûter. Ma langue se fraye ensuite un chemin entre ses lèvres, juste à l'entrée de son vagin. Je m'amuse là, ma langue la buvant chaque goutte salée de son plaisir. Je lui donne de grands coups de langue du bas de ses lèvres jusqu'à son bourgeon si dur. Je recommence encore et en encore, m'abreuvant de son nectar, la faisant gémir à chaque coup de langue. Celle-ci s'immisce en elle. Elle pose sa main sur ma tête comme si elle voulait que je m'enfonce encore plus en elle. Je la prends de ma langue et la sent se tendre autour. Je veux encore la goûter, encore me délecter d'elle. Je ne cesse de faire des vas et vient avec ma langue en elle. Elle est toute tendue sur sa chaise. Je la sens à nouveau prête à exploser. Je ne veux en louper aucune sensation, aucun spasme. Je la lèche, la tête, la lape jusqu'à ce coup de langue final qui la fait exploser, crier de plaisir, se tendre et frissonner toute entière.

Nous nous embrassons doucement, elle prend mon visage entre ses mains, me caresse et m'embrasse dans le cou. Nous sommes aussi émues l'une que l'autre de ce moment magique. Je lui dis que j'ai maintenant besoin de dormir et que j'aimerai m'endormir au creux de ses bras. Elle m'attrape par la main, nous passons une serviette autour de nous, nous faufilons dans le couloir jusqu'à ma chambre où nous nous couchons nues l'une contre l'autre. Elle m'ouvre ses bras et je viens tout contre elle en cuillère parfaite. Elle passe son bras autour de moi, pose sa main sur un sein qu'elle caresse doucement. Aussitôt mon téton durcit. Et ma fatigue s'envole. Je ne veux qu'une chose, qu'elle déguste ma peau, m'embrasse, m'explore pour que nous jouissions ensemble cette nuit...

Galerie personnelle

Le Club

Le club

Nous profitons de notre après-midi libre pour aller nous détendre en club. Je te propose d'aller à un club que j'aime beaucoup et que tu ne connais pas. Nous y entrons et sommes accueillis par le gérant. Nous nous installons sur une banquette en velours pour prendre un thé. Le décor est très classe, les lumières tamisées. Une musique est diffusée doucement. Nous nous embrassons pendant que nos thés refroidissent. J'ai mis ma petite robe bleue que tu aimes avec la fermeture éclair sur le haut que j'ai ouverte, mes bas dépassent de ma robe. Ta main se pose sur mon décolleté que tu caresses. Quant à toi tu as mis ton pantalon gris chiné sur une chemise blanche bien cintrée sur ton torse. Tu en as ouvert les deux premiers boutons. Je me fais un plaisir d'en ouvrir un troisième. Nous nous embrassons un peu, buvons notre thé puis je te dis que je vais te faire visiter les lieux. Nous nous rendons au vestiaire où nous nous déshabillons et nous parons d'une serviette. Je te prends par la main et te montre les lieux en commençant par le coin câlins avec les chambres qui ont toutes leur univers. Nous repérons cette pièce câlins avec une vitre sur la moitié d'un mur qui permet d'être vu et de voir la chambre d'à côté. Nous poursuivons notre visite des chambres, visitons le coin sauna et jacuzzi juste à côté et nous retrouvons à nouveau devant cette chambre avec la vitre.

Nous nous regardons, nous sourions et nous y entrons. Nous fermons la porte derrière nous et nous embrassons directement. Nous voyons la lumière de la chambre d'à côté s'éteindre ce qui nous fais sourire. Nous apercevons dans la chambre de l'autre côté du miroir, un homme avec une serviette autour des hanches s'asseoir sur le lit pour nous regarder. Tu vois dans mes yeux que cela m'excite fortement. Nos bouches se cherchent, se dégustent. Nos langues courent dans nos bouches, sur nos cous. Tes mains viennent me caresser dans le dos, descendent sur mes fesses, passent sous ma serviette que tu fais tomber. Je sens ton pouce se faufiler entre mes fesses, sur mes lèvres. Tu me sens déjà toute mouillée et toute ouverte. Ma main descend sur ton torse velu, te caresse. Je pince tes tétons, poursuis mes caresses. J'arrive sur ta serviette que je fais tomber, ton sexe se dressant directement. J'aime le voir ainsi. Je m'en empare. Je te branle. Je caresse aussi tes bourses. J'embrasse ton cou, descend sur tes épaules, ton torse, mordille tes tétons. Tes doigts s'insinuent en moi les uns après les autres. Tu me sens si ouverte déjà que tu ne peux te retenir.

Tu me plaque contre la vitre. Je vois alors que plusieurs hommes sont arrivés dans la chambre d'à côté. Ils ont fait tomber leurs serviettes et se caressent en nous regardant. Les voir m'excite et me donne très envie de jouer. Je passe alors ma langue sur ma bouche, léchant mes lèvres. Je les regarde un à un. Je plaque mes mains sur la vitre, appuyant mes seins sur le carreau. Je me frotte sur cette vitre. Je suis totalement excitée par la situation. Tu m'embrasses dans le cou, ton sexe frotte mes fesses, se faufile contre mes lèvres. Tu le tapotte sur ma chatte. Tes mains passent sur mes seins que tu empoignes, caresses, pince. Je ne cesse de regarder ces hommes qui se branlent devant moi. Un homme s'est approché de la vitre. Tu attrapes mes seins dans tes mains pour lui montrer et lui donner à lécher à travers ce vitrage. Ce qu'il s'empresse de faire. Ton sexe ondule de plus en plus le long de mes lèvres, jusqu'à entrer d'un coup profondément. Je gémis de plaisir, ma tête en arrière. Mes mains sont plaquées sur la vitre. Tu enroule mes cheveux dans ta main et tire dessus pour attirer encore ma tête à toi. Je me cambre. Tu m'attrapes par les hanches, me donne de puissants coups de reins. Je ne peux retenir mon plaisir et mes cris. Je regarde les hommes face à nous qui augmentent le rythme de leurs mains sur leurs queues. Je vois un des hommes jouir et se repandre sur le lit. Cela m'excite encore plus. Je tape contre toi pour enfoncer ta queue en moi. Ta main tire mes cheveux. Tu donnes un dernier coup de rein qui nous fait exploser en même temps sous le regard de ces hommes.

Après ce délicieux moment, nous décidons d'aller faire un tour dans le jacuzzi et le hammam pour nous détendre. Je me pose dans tes bras dans le jacuzzi où nous nous câlinons doucement après ces émotions.

Après un moment, nous retournons dans le coin câlin. Il y a là une pièce entourée par des grilles qui sont ouvertes. Dans cette pièce se trouve une croix de St André. Tu sais que je n'ai encore jamais osé essayer mais que j'en ai très envie. Tu me vois à la fois intimidée et excitée. Tu me prends par la main m'attire dans la cage où il y a cette croix, tu t'arrêtes devant. Tu me dis :

- ose ! Je suis là. Je t'accompagne. N'aie pas peur.

Alors je me place devant cette croix, te regarde timidement. Tu passes ta main sur mon visage, me regarde, me souris et m'embrasse avec tellement de douceur. Tu attrapes mon premier poignet, l'attache, fais de même avec le deuxième. Tu te baisse, attrape ma cheville droite, l'embrasse doucement puis attaches mes deux chevilles l'une après l'autre. Tu te relèves, viens devant moi, me caresse doucement, m'embrasse ici et là. Un premier homme passe devant la cage, s'arrête et nous regarde. Il s'approche de nous, approche une main d'un de mes seins, me caresse doucement. Tu lui dis que j'aime particulièrement que l'on s'occupe de mes seins, que j'aime que l'on joue durement avec mes mamelons. Ta main ne quitte pas mon deuxième sein. Vos doigts malmènent mes tétons, mes mamelons sont douloureux d'excitation. J'aime ces sensations. Mes pointes sensibles à l'extrême et cette douleur exquise bouleversent mon corps. Vos bouches embrassent mes seins si sensibles, les mordillent. Vos caresses mordantes me font frissonner.

Un autre homme s'approche de nous. Je le reconnais comme étant un des hommes qui nous avait regardé tout à l'heure. Il s'agenouille devant moi et commence à me lécher les chevilles, remonte mes cuisses, mes hanches puis vient lécher mon clito, il me donne de tous petits coups de sa langue. Il me sent déjà toute mouillée, me lape sur mes lèvres. Tu descends alors ta main pour jouer avec mon clito pendant qu'il enfonce sa langue en moi, le troisième homme m'embrassant à pleine bouche. Je ferme les yeux pour savourer vos caresses. Nous jouons ainsi un moment, des personnes passent devant la cage, nous regardent. Puis je vous dis que moi aussi je veux vous déguster.

Avec les deux autres hommes, tu me détaches, me descend de la croix. Nous sommes juste en face de la pièce avec la vitre. Je te regarde avec gourmandise, tu m'attrape la main et nous y entraines avec nos deux compagnons. Nous fermons la porte derrière nous. Je me tourne vers vous, vous regarde avec mon regard de lionne. Je m'approche de mes trois délicieux invités et fais tomber vos serviettes, révélant vos queues toutes tendues, prêtes à être déguster. Je passe ma langue sur mes lèvres, déjà excitée de la dégustation que je vais faire. Je m'agenouille au milieu de la pièce, vous venez autour de moi, me présentant vos queues magnifiques. Il y a ta queue si épaisse que je connais par cœur, une queue plus courte et plus fine mais terriblement tendue et ce troisième sexe plus long mais particulièrement courbé. Je vous mange avec gourmandise telle une affamée. Je vous entends gémir sous ma langue. J'ai une queue dans chaque main, une autre sous ma langue. C'est le bonheur de vous avoir en bouche les uns après les autres.

Au bout d'un moment, tu me relève, je vois alors que deux autres hommes nous regardent par la vitre. Tu m'allonges sur le lit. Et tu viens lécher mon sexe, mordiller mes lèvres. Quelques coups de langue que tu poses sur mon clito gonflé, tu t'amuses de lui pour le rendre tellement sensible. Les deux autres hommes jouent chacun avec un de mes seins. Ils les embrassent, les lèchent tout autour. Je ne suis que sensations partout sur ma peau. Je frissonne, gémis sous vos langues. Le tienne descend plus bas et s'amuse de mon petit trou que tu lèche doucement et pénètre de ta langue. Un homme vient alors me doigter pendant que le troisième me donne sa queue à lécher. Ce que je fais avec gourmandise. Je la prends à pleine bouche, telle une glace que je fais fondre dans ma bouche. Tu viens alors sur moi, me prendre de ta queue toute dure et affamée pendant qu'un homme vient au-dessus de mon visage pour que je lèche ses bourses. Je lui donne de grands coups de langue, les aspire, tire un peu dessus. Quel régal. Je te sens t'enfoncer en moi profondément, me donner des coups de reins puissants. Ma bouche est toujours sur ces bourses qui me sont offertes et dont je me délecte. Le troisième homme pince mes seins. Cela me rend folle. Il le fait de plus en plus fort. Je ne peux retenir mes cris de plaisir.

Puis un homme s'allonge à côté de moi, se capote. Je me lève et viens au-dessus de lui. D'abord au-dessus de sa bouche pour qu'il me lèche pendant que je suce vos queues de droite et de gauche de moi. Puis je descends sur son torse jusqu'à son pubis. Je bouge sur lui pour jouer avec sa queue toute dure le long de ma chatte toute humide et grande ouverte. Puis je m'empale sur lui. J'ondule des hanches, sa queue en moi. Tu me fais m'allonger sur lui, passe ton doigt humide sur mon petit trou et tu viens sur moi faire entrer doucement ta queue dans mon petit trou. Je te sens entrer doucement, profondément. Je gémis de plaisir. Je suis remplie de vous. J'aime cette sensation. J'attrape la troisième queue pour la sucer à pleine bouche. Je veux me sentir remplie et comblée de vous. Je gémis, crie sous vos coups de hanche. Que c'est bon !! Que j'aime vos queues et ce que vous me faites. Je vous encourage par mes coups de hanche, par ma bouche sur cette queue, par mes paroles :

- baisez moi bien fort, je veux vous sentir, enfoncez vos queues en moi.

Tu attrapes alors mes seins, les pinçant encore et encore. Tu sais à quel point ça me rend folle. Tes doigts sur mes tétons qui les martyrisent. Le plaisir monte, je ne contrôle plus rien. Vos queues en moi, celle dans ma bouche, tes doigts... Tout à coup j'explose dans un formidable orgasme et dans un énorme cri. Je vous sens exploser aussi. L'homme que je suçais explose. C'est tellement intense, cet orgasme n'en finit pas de m'emporter, je frissonne de partout, vous gémissez, j'ai du mal à reprendre mon souffle, nous sommes essoufflés, en transe et en sueur. Nous sommes repus de plaisir. Vous vous retirez de moi, je m'allonge entre vous, au creux de vos bras. Nous nous câlinons doucement.

Nous voyons alors plusieurs femmes et hommes nous regarder par la vitre. Parmi ces spectateurs, il a un couple. Madame est le dos le long de la vitre et l'homme est devant elle, il tête ses seins avec passion. Elle a les yeux fermés, totalement concentrée sur les sensations qu'il lui donne. Je m'imagine les rejoindre pour téter son deuxième sein et le désir se propage à nouveau en moi tel un lierre qui se déploie sous le feu du soleil.

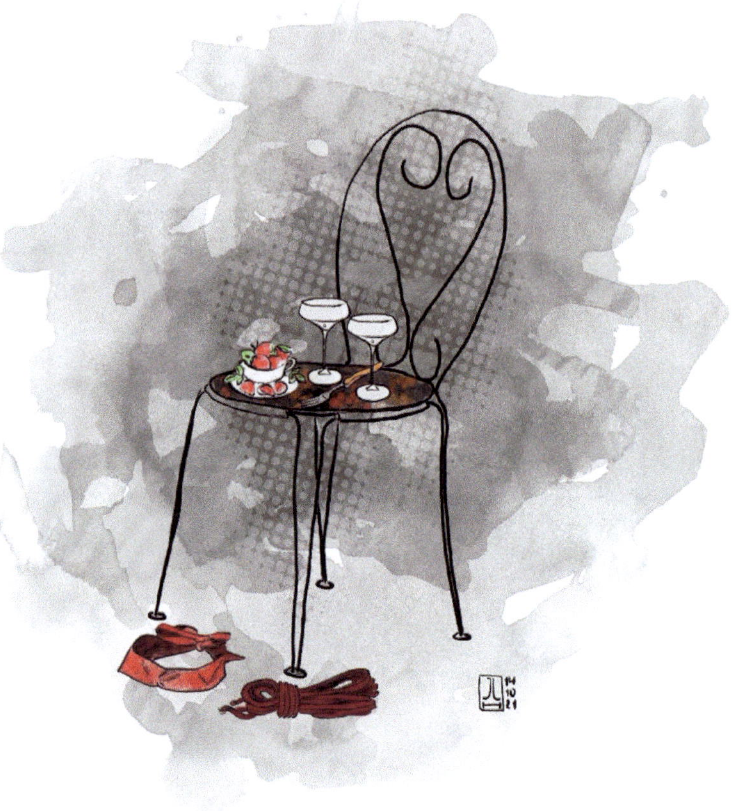

 @Trait_ombre_et_lumière

Une Gourmandise

Une gourmandise

Après ces folles semaines au rythme effréné que nous venions de vivre nous allions enfin pouvoir nous poser un peu en amoureux pour ce week-end aux températures estivales. Pour être sûr de ne pas être dérangés, nous avons trouvé un appartement en location pour le week-end. Celui-ci est situé au 4ème étage d'un joli bâtiment en plein cœur d'une petite ville côtière. Il est agréablement meublé et semble douillet, parfait pour un week-end en tête à tête. Ce premier soir de notre week-end, je suis arrivé le premier et j'ai eu le temps de défaire mes valises avant de recevoir un message de ta part me disant que tu arrives dans une heure et me demandant de m'asseoir sur une chaise en simple chemise sur le balcon de cet appartement. Tu me demande également de t'y attendre avec un bandeau sur les yeux. Que j'aime tes surprises. Tu fourmilles toujours d'idées plus excitantes les unes que les autres. Je m'empresse d'aller sous la douche déjà légèrement bandant en prévision de cette soirée, je me savonne avec ton gel douche préféré, m'habille rapidement vu le peu de vêtements que tu me demande et me parfume. Je vois à travers la baie vitrée que la nuit est tombée. Je sors doucement en vérifiant que personne ne me voit. Lorsque j'ouvre la baie vitrée, j'entends les bruits de la mer. J'ai toujours trouvé apaisant le son des vagues, je m'en imprègne pour me calmer un peu. Je vois sur le balcon des fauteuils avec coussin sur le côté, j'en prends un que j'installe devant la baie vitrée. Je regarde l'heure et m'aperçois que tu ne devrais pas tarder. Je m'assieds, lisse ma chemise que j'ai ouverte et dont j'ai remonté les manches. Après un dernier regard pour m'assurer que personne ne me voit, je lève le bandeau sur mes yeux et me prive de la vue.

Et je patiente…J'avoue que je me sens comme un idiot la queue à l'air sur ce balcon, à la merci de regards inconnus. Le soleil s'étant couché, la fraîcheur de la nuit commence à tomber et je sens quelques frissons. Je me rappelle notre rencontre il y a un peu plus de deux ans maintenant, nos regards intimidés et le temps qu'il nous a fallu pour faire un premier pas et nous lancer enfin. Depuis, nous sommes heureux, je me sens si bien dans ce couple respectueux, rempli de découvertes et de folies. Nous avons atteint une complicité et une communication comme je n'avais encore jamais vécu dans mes autres relations. Et je dois dire que le sexe s'est révélé…incroyable, faisant sauter tous mes à priori débiles.

Tout à coup j'entends la porte d'entrée de l'appartement s'ouvrir. Un instant j'espère sincèrement que c'est toi qui arrives, j'imagine la surprise sinon ! Des bruits se font entendre mais tu ne me parles pas. Alors je patiente, à l'affût du moindre son pour deviner ce que tu fais. J'entends une voiture passer dans la rue, un coup de klaxon au loin et ce son apaisant des vagues en arrière-plan.

Enfin, j'entends la porte de la baie vitrée s'ouvrir en plus grand. Je reconnais ton parfum et j'avoue être rassuré que ce soit toi. Tu ne me touche toujours pas mais je te sens tourner autour de moi et poser des choses au sol. Tu attrapes mes mains que tu plaques contre le dossier de la chaise dans mon dos. Je te sens les nouer d'une corde pour m'immobiliser. Me voilà tout à toi. Je sens ton souffle chaud et vif tout près de mon oreille. Puis après quelques instants sans geste, je sens une caresse très légère sur mon torse, je crois reconnaitre une plume. Elle me fait frissonner et je sens mes tétons qu'elle caresse durcir immédiatement. Cette plume me parcoure le torse, les épaules, vient se poser sur mes lèvres, cela me chatouille et je souris. Elle poursuit son chemin vers mes oreilles mon cou et descend jusqu'à caresser doucement ma queue au repos pour le moment. C'est caresse aussi légère qu'une brise est très agréable. Cette plume est bientôt remplacée par tes doigts sur lesquels je sens quelque chose. Une huile de massage peut-être ? Tes doigts me parcourent et lorsqu'ils se posent sur ma bouche, je l'ouvre pour les lécher me rend compte qu'il s'agit de chocolat fondu bien fort comme j'aime. L'odeur puissante du chocolat chatouille mes narines et me fait saliver. Je suce de plus belle ton pouce jusqu'à ce que tu me l'enlève pour continuer de tracer des arabesques gourmandes sur ma peau. Je te sens te pencher vers moi et ta bouche prend le chemin du chocolat pour le lécher à même ma peau. C'est tellement érotique que je me sens durcir et me raidir. Tout à coup je sens quelque chose contre ma bouche que j'ouvre. C'est granuleux et ovale, je croque dedans et la saveur douce et sucrée d'une fraise se répand dans ma bouche. Le jus coule sur mon menton, je sens même une goutte couler le long de ma queue. Je sens ton doigt recueillir cette goutte et je t'entends le sucer. Que j'aimerai te voir le faire. De ta langue tu me lèche le menton pour recueillir ce jus. Tu me donnes encore quelques fraises et chaque fois tu t'arranges pour que du jus coule sur moi et pour le lécher.

Je sens ensuite un verre contre ma bouche, j'entrouvre les lèvres et un jus de citron très acidulé envahie ma bouche. Je ne m'y attendais pas et après le sucré des fraises, ce jus de citron est tonifiant. J'adore ce jeu et les saveurs que tu me fais découvrir uniquement par leurs goûts et leurs textures.

- Embrasse-moi. Je te demande
- Pas encore. Tu me réponds. J'ai l'intention de te rendre fou avant, de jouer de toi, de ton corps divin, de te tendre magnifiquement, je te veux fièrement dressé, que tu me supplie de t'embrasser, de te sucer.
- Embrasse-moi. Je te supplie
- Non non, c'est trop excitant de te voir la face à moi, soumis à mes désirs. Tu es diablement sexy ce soir, ton corps est un délice avec le sucre des

fraises et ta queue toute dure me donne encore plus envie de jouer avec toi.

Je te désire d'une telle force. Tes mots coulent sur mon torse, parcourent chaque centimètre de mon corps, ils me réchauffent et font monter mon désir et mon besoin de corps à corps avec toi.

Je sens à nouveau quelque chose contre ma bouche que j'ouvre. C'est doux, sucré, petit mais je ne reconnais pas bien. Mais oui il s'agit de framboises. J'adore ce fruit. Tu m'en donnes quelques-unes à déguster avant de m'en écraser sur le torse. La fraîcheur du fruit sur ma peau est délicieuse, je me réjouis de ta langue qui va venir lécher ces fruits. Ce que tu fais en prenant ton temps. Je sens ta langue rouler autour de mes tétons que tu sais sensibles, puis les mordiller, ce qui m'arrache un râle de plaisir. Je sens ton visage s'approcher du mien, je veux tellement un baiser, j'ouvre ma bouche, tend ma langue. Je te sens déposer de ta langue, les framboises écrasées que tu viens de récupérer. Je suçote ta langue mais très vite tu la retires, me frustrant un peu plus. J'entends des éclats de voix dans la rue et je suis émoustillé que quelques étages au-dessus de leurs têtes un couple joue et se donne beaucoup de plaisirs.

Je sens maintenant quelque chose de très froid sur mon épaule, comme 4 piques métalliques parallèles entre elles et rapprochées. Je n'identifie pas bien ce que c'est mais son passage sur ma peau me provoque de gros frissons qui me font gémir à chaque passage sur moi. Tour à tour tu appuies fortement ou frôles simplement ma peau de cet objet froid. Je le sens descendre sur mes bras, tracer un sillon sur mes cuisses, remonter à l'intérieur de mes jambes, se poser sur mes bourses, frôler la peau de ma verge gonflée, remonter vers mon ventre, se balader sur mon torse, mon cou avant de se poser sur mes lèvres. J'ouvre la bouche, et je suis surpris de me rendre compte qu'il s'agit d'une fourchette, une simple fourchette qui vient de me provoquer de forts et délicieux frissons. Cette fourchette a le goût du chocolat et des framboises qu'elle a croisé sur ma peau. Tu ressors cette fourchette pour aller la faire se balader dans mon dos, tu es tout près de moi et je sens ton parfum et l'odeur de ta peau. Je tends le visage pour essayer de t'embrasser mais aussitôt tu recules.

- c'est moi qui m'occupe de toi ce soir mon chéri. Et pour te punir de ton impatience je vais te laisser patienter quelques minutes.

Je t'entends rentrer dans l'appartement et me laisser véritablement seul sur ce balcon. Je me rends compte que la nuit est douce, il n'y a aucun vent, les vagues au loin se sont calmées mais continuent de me bercer. Je respire cet air frais et je sens comme une odeur de tabac. Quelqu'un fume, pas loin. J'espère ne pas être vu. Je ne fais aucun bruit et me dit que nous avons peut-être été épiés. Je dois avouer que c'est assez excitant. Je patiente mais j'ai hâte que tu reviennes. Je suis à l'affût du bruit que tu pourrais faire dans l'appartement mais il n'y en a aucun. Je repense à tes caresses, ton imagination me rend chaque fois plus dingue de toi. J'ai soif de toi.

Au bout de quelques instants tu reviens et immédiatement je me sens rebander de folie à l'idée de la suite qui arrive. Je te sens t'asseoir ou t'agenouiller devant moi. J'entends un petit bruit comme un liquide qui coule peut-être. Je suis sur le qui-vive et me demande où et avec quoi tu vas me toucher. Je sens alors ta bouche embrasser doucement ma verge, de plusieurs baisers doux. Juste de chastes baisers mais qui me transpercent de partout. Je sens ta bouche s'ouvrir sur ma verge et aussitôt je sens un liquide s'en échapper. Il est délicieusement frais et piquant, pétillant je dirais... Serait-ce une fellation au champagne ? Oh que c'est excitant ! Ta bouche descend le long de ma queue et je sens les bulles de ce que je suppose être du champagne descendre le long de ma peau tendue et éclater au fur et à mesure. Que la sensation est exquise, à la fois fraîche et chaude, tonifiante et douce. Ta bouche est comme toujours magique, gourmande comme j'aime. Tu me suces avec faim et gourmandise, allant et venant sur ma verge dressée. Tu caresses ma verge, taquine mon frein dont j'ai découvert la sensibilité avec ta langue. Je te sens descendre et avaler en entier ma queue qui se retrouve au chaud dans ta bouche. Je sens ta langue danser autour de ma queue. J'aime quand tu me suce ainsi. Je gémis de plus en plus. Tu t'arrêtes un instant pour, je le comprends très vite, reprendre une gorgée de ce délicieux breuvage. Ta bouche se rempli de chaque gorgée de mes gouttes mélangées au champagne. Je t'entends gémir et te régaler. Le goût des deux mélangés doit être divin. Que je voudrais passer mes mains dans tes cheveux pour te guider et t'encourager. J'ai besoin de te toucher. Cette fellation est un délice mais c'est une torture de ne pas pouvoir te caresser. Je n'ai jamais tant pris de plaisir qu'avec tes fellations. Je me rends compte aussi qu'être ainsi à ton entière disposition et privé de la vue, intensifie le plaisir que tu me donnes Ta bouche semble encore plus gourmande que d'habitude et ta langue encore plus audacieuse. Tu recharges une gorgée de ce délicieux breuvage puis tu te concentres sur mes bourses que tu gobes d'une gorgée pétillante. Ta main me branle en même temps. Je n'en peux plus de ce plaisir qui monte. Je me sens perler sous le plaisir que tu m'infliges. Puis je sens ta langue descendre et je suis déjà excité par le chemin que tu empruntes. Ta langue se fait dure pour tourner autour de mon petit trou déjà émoustillé des caresses que tu lui réserves. Les cercles de ta langue se réduisent pour se concentrer sur mon petit trou déjà dilaté pour toi. Ta langue s'immisce et se faufile, tendue en moi. Que j'aime quand tu me prends ainsi. Tu continues de me branler, rendant ma queue encore plus trempée de mes gouttes que tu étales de partout. Ta langue va et vient en moi. Le plaisir est immense. Ma respiration se fait courte, ton souffle et tes gémissements me rendent dingues. Je sens monter une jouissance. Tu accélères encore, me faisant vibrer toujours plus fort pour toi. Un dernier tour de main et de langue et je viens en de longs jets. Que c'est bon de se lâcher, je râle de plaisir, frissonne et sens mon corps se détendre ; Que c'était bon ! Ta bouche revient vers ma queue que tu câlines doucement et dont tu lèches les moindres goûtes de sperme. Tes mains sur mes bourses je me sens déjà repartir doucement. Tu me rends dingue.

Alors tu te lèves et tu viens enfin m'embrasser à pleine bouche. J'attendais tes baisers depuis si longtemps. Enfin nos lèvres se rejoignent. Enfin ta langue fouille ma bouche et joue avec la mienne, ta langue qui a le goût de mon sperme et du champagne mêlé. J'ai soif de toi encore. Nous nous embrassons à en perdre haleine, ta main masturbe ma queue déjà dure pour toi. L'intensité de nos désirs augmente encore. J'ai tant besoin de te caresser, de te toucher. Ma bouche cherche ton cou, ton oreille, ta peau que je lèche et mords tour à tour. Je me rends compte qu'au moins ton torse est nu. Tout en m'embrassant dans le cou, tu me détaches et enfin je peux poser mes mains sur toi, les faire courir sur ta peau. J'attrape tes cheveux, nos baisers se font plus profonds encore. Tu me lèves de ma chaise et me fais avancer jusqu'au bord de la rambarde en verre du balcon. Toujours dans le noir, je ne sais pas si j'appréhende que l'on soit maté ou si ça m'excite qu'il puisse y avoir un ou une voyeuse. Tu te places derrière moi, te plaque contre moi et attrape ma queue que tu branle contre le balcon. Tu me murmure à l'oreille tout en la mordillant :

- Tu sens comme je bande pour toi mon chéri.
- Oh oui je sens ta belle queue tout contre mon cul. J'ai très envie de toi mon chéri
- Je vais te prendre ici et maintenant sur ce balcon mon cœur.

Alors tu me penches un peu en avant, je m'accoude contre la rambarde et je sens ta queue entrer doucement en moi. Elle se fraye un chemin à travers mon petit trou et mes parois si facilement. Que c'est bon de me sentir rempli de mon homme. Je ne me sens entier que lorsque l'on fait l'amour. Cette connexion que l'on a tous les deux me transperce l'âme et le cœur et me transporte si haut. C'est si intense et apaisant à la fois de s'aimer. Tes coups de reins sont profonds et longs. J'ai chaud, j'ai soif mais surtout je veux que ces instants de connexions durent encore et encore. Nos respirations se font plus courtes et plus intenses au rythme de nos gémissements, lorsque tu augmentes la cadence de tes reins contre moi. Je sens ta queue aller et venir en moi, provoquer des décharges de plaisir. Tu me masturbes toujours et ton souffle court à mon oreille, m'excite. Ta queue accélère en moi, je te sens tout contre moi et je ressens le plaisir qui augmente en toi, mon chéri. Alors j'ondule contre toi et me cambre pour mieux d'accueillir en moi. Nos gémissements se font plus rauques et plus lourds, nous haletons, râlons encore et encore. Je pose une main sur ta main qui me masturbe et ensemble nous fonçons jusqu'à nous faire envahir par un immense plaisir, un orgasme puissant et complet. Je jouis d'un sperme laiteux dans nos mains en même temps que tu jouies en moi et me remplis de ton foutre tout chaud. Encore une fois notre symbiose nous a fait atteindre ce vertigineux bien-être en même temps.

Tes bras m'entourent, nous profitons de cet instant magique post-apothéose et laissons nos respirations se calmer. Nous savourons ce bonheur d'être ensemble, de s'être trouvés et de pouvoir s'aimer avec autant de complicité. Tu me murmures à l'oreille :

- Bonjour mon chéri et bienvenu dans notre bulle de week-end qui ne sera faite que de nous deux, de nos corps à corps et de nos cœurs à cœurs. Je t'aime.
- Je t'aime tellement aussi mon chéri. Je te réponds

Instagram @Trait_ombre_et_lumière

Le Séminaire

Le séminaire

Je viens d'arriver à l'hôtel pour notre séminaire annuel après avoir fait plusieurs heures de voiture. Il n'est pas encore 9h, la journée va être longue. Heureusement ce séminaire dure 3 jours. J'ai commencé par déposer ma valise dans ma chambre. Quelle belle chambre d'hôtel m'a réservé ma boîte. Je vérifie ma tenue : pour la première journée j'ai choisi une jolie chemise noire qui fait ressortir mes yeux presque noirs et met en valeur mes larges épaules tout en faisant oublier mon ventre que les repas de commerciaux en restaurant n'arrangent pas ! J'ai également un pantalon chino couleur moutarde très serré qui moule mon cul dont les femmes raffolent. Je suis très excité et j'ai hâte de ces quelques jours loin de chez moi qui réunissent tous les commerciaux de la boîte disséminés sur la France le reste de l'année. Après avoir déposé mes affaires, je descends au café d'accueil, l'occasion pour moi de repérer les nouvelles recrues sexy qui ne demandent qu'à être croquées.

Je profite donc de ce moment pour commencer à repérer les nouvelles têtes et les collègues sexy. Je répète ici de jolies jambes galbées dans des collants, ici une paire de seins qui ne demandent qu'à être libérés de ce chemisier trop serré. Je discute avec les collègues que je connais déjà. Gwen mon collègue de région qui me connaît par cœur, me demande dans un grand sourire si j'ai déjà repéré mon dîner de ce soir. Je lui dis que c'est à l'étude pour le moment. Je vais ensuite saluer notre grand PDG, quand tout à coup, sans savoir pourquoi, mon regard est attiré vers la gauche. Et là je vois d'abord une magnifique paire de jambes interminables chaussées sur des escarpins rouges brillants qui me tendent immédiatement. Mon regard remonte sur sa jupe en cuir noir fendue sur le côté. Elle est de profil et je peux apercevoir un cul splendide comme je les aime, bien gros, bien ferme et doux à la fois. Je l'imagine entre mes mains, ma queue se branlant sur lui. Et je me tends un peu plus. Mon regard poursuit son ascension vers son chemisier noir entrouvert juste ce qu'il faut pour donner envie de plonger la main dans ce décolleté fabuleux. Puis mes yeux croisent sa bouche pulpeuse, rouge, gourmande. Elle discute et je vois sa langue se poser sur le coin de ses lèvres. Ma queue n'en peut plus tellement elle est à l'étroit dans mon boxer. Et enfin je croise son regard et m'aperçois qu'elle n'a rien manqué de mon examen attentif de sa silhouette. Son regard est plein de désir et de gourmandise. Je la veux !!! Mon objectif du séminaire est devenu tout à coup très évident.

La première journée a suivi son cours enchaînant conférences, tables rondes et diverses interventions. Nous ne faisions que nous croiser avec cette charmante commerciale. A chaque fois, les regarde se faisaient intenses, plein de désirs que je sentais monter de chaque côté. Lors de la première soirée détente je la cherchais partout sans jamais la trouver. C'était comme si elle s'était envolée. Mais j'avais trop envie de sexe pour aller me coucher seul. Je me rabattais donc sur une commerciale que j'avais déjà croquée l'année précédente et qui ne demandait que de remettre ça. Je l'ai suivie dans sa chambre, me suis occupée d'elle mais je n'ai cessé d'imaginé cette inconnue à sa place et tout ce que je voulais lui faire. Après avoir couché avec la commerciale, je regagne ma chambre, file sous la douche où je me caresse et me fais jouir en pensant à ce cul énorme qui m'a appelé toute la journée. Je me couche en me disant que demain devrait être le bon jour.

Le lendemain, je croise ma sexy lâcheuse de la veille et nous reprenons le jeu de regards. Mais je veux beaucoup plus. Je vais devoir trouver un moyen de la croquer et vite, sans quoi je vais exploser. Lors du déjeuner qui est debout, je suis le manège de cette bombasse qui passe de groupe en groupe pour discuter. Je sais qu'elle m'a repéré et que je suis son objectif du déjeuner. Je la laisse venir à moi. Enfin elle arrive à notre groupe, commence à discuter, je profite de l'occasion pour me présenter et lui demander son prénom.

- Elle s'appelle Barbara et est la meilleure commerciale de mon agence. Elle est capable de vendre n'importe quoi à n'importe qui ! M'informe son responsable
- Je n'en doute pas un instant. Je réponds sans quitter son regard.

La discussion du petit groupe tourne autour du travail mais nos regards ne quittent pas le corps de l'autre. Je sens la chaleur de ses yeux partout sur moi pendant que je la déshabille mentalement. Juste avant de quitter le groupe elle s'approche de moi discrètement pour me tendre un verre. Après le déjeuner il est prévu que j'intervienne lors d'une conférence. Je passe rapidement aux toilettes avant d'aller me préparer. En me rhabillant, je sens une bosse dans la poche de ma veste. En y passant la main, j'en sors une culotte en dentelle noire sublime. Et je repense à Barbara se rapprochant pour me tendre un verre. Je suis sûr que c'est sa culotte. Je la porte à mon nez pour la renifler. Mon dieu que cette odeur est incroyable. Direct, j'ai une érection formidable et douloureuse, je ne peux pas et ne veux pas aller à la conférence ainsi. Alors je libère ma queue de sa prison et je commence à me caresser tout en respirant cette culotte aphrodisiaque. Que ça fait du bien de me soulager de la tension qu'elle me provoque. Je me branle plus fortement, mes bourses sont pleines, ma queue perle de plaisir. Alors je porte cette culotte sur mon membre et je me caresse ainsi. Les sensations et le plaisir sont incroyables. Je sens une jouissance monter en moi. Je me branle de plus en plus vite et fortement, sa culotte sur ma queue. Je continue jusqu'à ce que je jouisse abondamment sur sa dentelle. Que ça fait du bien mais que je voudrais sa bouche la maintenant pour lécher mon plaisir. Je me rhabille et remets sa culotte dans ma poche avant d'aller vers la salle où je dois donner ma conférence.

Lorsque vient mon tour, je m'approche du pupitre, respire un grand coup et chasse de mon esprit cette blonde incendiaire afin de me concentrer. Je commence mon discours, balaye le public des yeux. La salle est pleine, mon auditoire à mon écoute. Je suis dans mon élément, professionnel comme je sais le faire. Puis j'ai le malheur de regarder au premier rang qui est assis. Barbara est là, sur le fauteuil juste en face de mon pupitre. Ses jambes sont croisées, sa robe crayon bleu nuit ouverte haut sur ses cuisses sublimes, gainées de bas, ses seins remplissent son décolleté vertigineux. Je la regarde et la vois qui s'amuse à croiser et décroiser les jambes régulièrement tout en me fixant. Ce spectacle est hypnotisant. Je me mets à bafouiller et perds le fil de mon intervention. Je regarde ailleurs dans l'assemblée pour pouvoir poursuivre mon intervention mais je sais qu'elle est là, et qu'elle continue de faire sa salope. Je ne peux m'empêcher de baisser à nouveau les yeux. Je la vois écarter ses jambes, poser sa main sur ses cuisses, la remonter sur sa robe et je vois cette petite chatte qui n'a plus de culotte. Et là je perds totalement le fil de mon intervention, je bafouille, perds mes mots. L'Assemblée se demande ce qui se passe. J'essaie alors de me reprendre pour terminer tant bien que mal mon intervention avec une queue dure comme je n'ai jamais eu. Heureusement que le pupitre me cache.

Toute la journée cette nana m'a chauffé. Je suis tendu depuis le matin malgré le petit passage aux toilettes. Je n'ai qu'une seule envie c'est de la prendre et lui faire sentir à quel point j'ai du désir pour elle. La dernière soirée de notre séminaire arrive déjà. Toute la soirée je la cherche, bien décidé à enfin la croquer, mais je ne la trouve pas. De dépit et de frustration, je finis par draguer une autre nana qui me tourne autour, une nana qui me plaît un peu mais il faut absolument que je fasse l'amour à une femme. Je la conduis dans les couloirs nous prenons l'ascenseur où je commence à la câliner, glisser un doigt dans son intimité mais je ne pense qu'à Barbara et je l'imagine à la place de cette femme. La frustration est intense. Nous arrivons devant la porte de ma chambre. La femme m'embrasse, j'essaie de me dégager pour ouvrir la porte et là en entrant, je vois une chaussure à talon par terre puis une autre, un peu plus loin une robe crayon bleu nuit et je reconnais la robe de ma fameuse commerciale toute chaude je n'ai plus qu'une idée en tête me débarrasser de cette intruse et m'occuper enfin de cette salope qui m'a chauffé toute la journée. Je me retourne vers la nana je lui dis que ma femme m'a fait la surprise de venir me rejoindre et qu'elle doit partir. Elle râle un peu pour la forme mais je m'en fiche. Je referme la porte derrière elle.

Je suis le chemin des vêtements, ici une chaussure, là sa robe, plus loin son soutien-gorge noir, un bas puis un autre jusqu'à ce que j'arrive devant la porte de la salle de bain qui est entrouverte. Je la pousse un peu plus sans faire de bruit et je la découvre dans la baignoire. Elle s'est fait couler un bain moussant. Elle est en train de se laver, sa jambe si belle, recouverte de savon est levée. Je rêve de l'embrasser partout. Elle a tamisé la lumière, posé quelques bougies, mis une musique douce et j'aperçois deux verres de vin à côté d'elle. J'enlève ma chemise, déboutonne le premier bouton de mon pantalon, enlève mes chaussures pour me retrouver pieds nus et j'entre dans la salle de bain.

- Qu'il est difficile de vous trouver jolie demoiselle !

Barbara sursaute à ma voix, puis me regarde avec un sourire totalement désarmant. Nous échangeons un regard lourd d'envies et de désirs et la pièce se charge d'électricité. Je suis son regard qui descend vers mon pantalon et je le vois se troubler par la bosse qu'elle aperçoit. Je n'en peux plus tellement je suis dur, et tendu, tellement elle me fait mal. Alors j'ouvre un peu plus mon pantalon le fait descendre et je la regarde dévisager ma queue qui se tend immédiatement fièrement. Je la vois se lécher les lèvres en regardant ma queue dressée. Je sors la culotte de mon pantalon et la remercie pour son petit cadeau.

- Ce cadeau t'a t-il fait très plaisir ? me demande-t-elle
- Je n'ai pu m'empêcher de me caresser avec.
- Montre-moi comment tu as fait me répond t'elle en mordant ses lèvres.

Alors je lui montre comment j'ai mis sa délicieuse culotte à mon nez et cette odeur me donne à nouveau très envie de jouir. Je commence à me caresser sous son regard pendant qu'elle est toujours plongée dans la baignoire. Je lui explique que j'ai posé la culotte sur ma queue, que je me suis caressé avec de plus en plus fort jusqu'à avoir envie de jouir.

- Veux-tu que je jouisse devant toi ?
- Oui me répond Barbara alors que ses yeux pétillent de désir.

Alors je continue de me caresser et me branler fortement. Je repose la culotte sur mon nez la respire tout en me caressant jusqu'à me faire jouir devant elle. Cette situation est tellement excitante

Après ce petit plaisir qui m'a excité mais me détend à peine je plonge dans le bain et me mets d'abord face à elle. Je savoure la chaleur de l'eau. Nos regards se défient. Nous profitons de cet instant calme. Après un moment elle vient s'asseoir devant moi. Elle se colle à ma queue qui est toute dure dans son dos. Je masse son dos, ses épaules, ses bras puis je descends sur ses seins qui sont ronds, fermes et pleins comme j'aime. Je m'attarde sur ses tétons qui durcissent directement sous mes doigts. Je commence à l'embrasser dans son cou tout en lui faisant sentir mon souffle à son oreille que je mordille. Je la sens qui gémit et qui réagit à la moindre de mes caresses. Son corps qui vibre me fait me tendre encore plus. J'ai la queue douloureuse tellement elle est tendue. Elle tourne son visage vers moi, me tend ses lèvres et nous nous embrassons. Mes mains descendent sur son ventre, ses cuisses. D'une main je descends sur son entrecuisse et caresse son bouton tout humide de l'eau du bain mais pas seulement. Je l'entends gémir de plus en plus. Elle pose ses mains sur mes cuisses et commence à les caresser pendant que nous nous m'embrassons à pleine bouche. Sa langue fouille ma bouche et nos langues ne se quittent pas. J'enfonce un premier doigt dans sa chatte. Il s'y enfonce tout seul tellement elle m'appelle, tellement elle est grande ouverte. Ses mains passent sur mes épaules, mon torse. Je joue avec ses seins puis je les embrasse je les mordille elle gémit de plus en plus fort et tout à coup je la sens qui attrape ma queue qui la caresse. Je n'en peux plus tellement j'ai envie d'elle, tellement j'ai besoin de me sentir en elle. Alors elle se tourne et viens s'asseoir sur mes genoux. Elle se lève légèrement pour que ma queue frotte contre son clito. Cette sensation est exquise. Mais très vite je pose mes mains sur ses hanches et lui dit que j'ai besoin de la sentir autour de moi. Alors elle s'empale d'un coup profondément en moi. Cette sensation est tellement énorme, je n'attends ça que depuis plusieurs jours, enfin je suis en elle, enfin je la sens tout autour de ma queue. Sentir cette petite chatte très ferme tout autour de ma queue bien épaisse me fait gémir intensément. Ses mouvements autour de moi se font intenses et me rendent dingue. Nos bouches s'embrassent encore et encore, nos mains se parcourent de partout. Nos gémissements sont à la mesure de notre plaisir.

Au bout d'un moment elle ressort de moi et je m'assieds sur le rebord de la baignoire. Barbara commence à me lécher. Sa langue tourne tout autour de ma queue. J'aime la chaleur de celle-ci et j'aime sa gourmandise. Elle pose sa bouche sur ma verge qu'elle câline et mordille avant de faire entrer toute ma queue dans sa bouche si grande qui m'absorbe en entier. Cette sensation est un délice qui me fait gémir à n'en plus finir. Lorsque je sens le plaisir presque à m'envahir. Je lui demande de se mettre à quatre pattes dans la baignoire puis je viens derrière elle. Je commence un peu à humidifier son petit trou, celui auquel je pense depuis ce matin. Je le mouille avec ma salive avec mon doigt et je laisse un doigt s'enfoncer en elle. De ma queue toujours tendue, je la prends pendant que je m'occupe de son petit trou. Elle gémit de plus belle, ce qui m'excite au plus haut point. Je ressors ma queue de sa chatte pour venir tout près de son petit trou. Je joue un petit peu autour, la faisant languir et me supplier de la reprendre. Tellement son beau et gros cul est ouvert, je m'enfonce tout seul et j'aime cette sensation d'être en elle à cet endroit-là. Avec une main je prends sa chatte pour qu'elle se sente remplie de moi. Je pose mon autre main sur sa hanche pour accompagner mes coups de rein et elle crie, elle m'encourage à ce que je la prenne plus fort. Nous accélérons le rythme et très vite nous sommes au bord de l'orgasme. J'intensifie mes coups de rein une dernière fois et nous jouissons d'une intensité phénoménale en même temps. Je retire délicatement mes doigts et ma queue d'elle tout en l'embrassant dans le dos.

Après ce moment intense nous nous posons dans la baignoire. Je la câline doucement au creux de mes bras. Je la savonne. Je sais que nous sommes partis pour une longue nuit de plaisir tous les deux

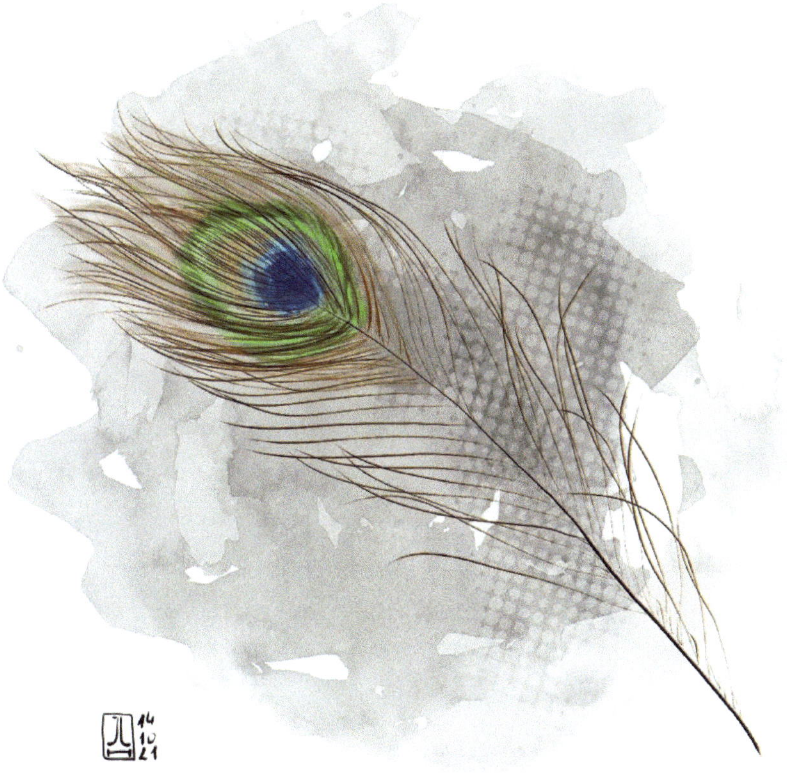

@Trait_ombre_et_lumière

La Caresse d'Une Plume

La caresse d'une plume

En traversant le couloir je m'arrête devant une fenêtre pour observer l'orage d'été gronder à l'extérieur. Les coups sont violents et accompagnés d'une pluie intense qui griffe les carreaux de la fenêtre. Le ciel est si lourd, si gris. Il est traversé régulièrement par les éclairs qui le zèbrent avec une force impressionnante. Cet orage charge l'atmosphère d'une intensité particulière et me donne des frissons sur toute ma peau. J'ai toujours tellement aimé faire l'amour pendant l'orage. Les caresses, les baisers, les feulements sont toujours aussi volcaniques que les coups de tonnerre. Je poursuis mon chemin et arrive devant une porte entrouverte. Je la pousse légèrement et la laisse s'entrebâiller pour te découvrir endormie sur le lit.

En cet après-midi, le ciel noir d'orage plonge la chambre dans la pénombre. J'ouvre un peu plus la porte, sans faire de bruit. Je m'approche du lit et t'observe dormir. Tu es si belle. Tu es allongée sur le ventre, une jambe relevée, tes cheveux retombent sur ton visage, une main est posée sur l'oreiller et l'autre le long de ta hanche pleine. Un drap fin recouvre à peine quelques parcelles de ta peau et mes doigts me démangent, ils réclament de sentir le grain si doux de ta peau. Tout à coup un éclair illumine la pièce et me permet de voir la peau si parfaite de ton dos, la courbure généreuse de tes hanches, cette jambe et cette fesse charnues qui dépassent du drap. Tes seins si lourds sont cachés sous ton ventre. Abandonnée dans ton sommeil tu es si belle. Et pourtant tu n'aimes pas ton corps que tu juges trop fort, trop charnu, pas assez fin. Si tu savais que je fantasme de te toucher, de te caresser, tes formes me rendent dingue. Je pourrais passer des heures à te faire l'amour et honorer chaque centimètre de ta peau. Tu es une ode à l'amour sans même le savoir. Et lorsque tu es intimidée et que tu mords ta lèvre…hummmm et lorsque quelque chose t'énerve et que ton regard se fait lionne…les frissons me reprennent rien que d'y penser.

Alors je m'approche un peu plus jusqu'à être proche du lit. Mes doigts du dessus de ta peau, je m'imagine te caresser et sentir des frissons te parcourir. Je m'approche un peu plus et observe ta fesse qui n'est pas cachée par le drap. Elle est rebondie, d'une belle taille, douce, parfaite pour une fessée ou un baiser. Je me rappelle t'avoir entendue faire l'amour l'autre jour avec cet homme. Je l'entendais te fesser et je m'imaginais que tu criais de plaisir sous mes mains. Cela était tellement excitant que je me suis caressé et j'ai jouie pour toi. Je reprends l'admiration de ton corps et en suivant la courbe de ta fesse nue, j'aperçois un peu de ton intimité, une lèvre est là à peine cachée par tes cuisses. Que j'aimerai oser la suçoter. Je m'approche un peu plus pour te sentir. Cette odeur est enivrante, je suis sûr que tu as un goût exquis. Mon regard remonte sur les courbes de ta chute de rein puis je suis des yeux ta colonne vertébrale jusque ta nuque que tes cheveux recouvrent. Je poursuis ces caresses mentales vers tes épaules et ce grain de beauté que tu as sur la droite. Je voudrais oser l'embrasser et laisser glisser mes lèvres jusque sur ta nuque, ton oreille, te murmurer comme tu es belle, comme j'ai du désir pour toi.

Ne tenant plus de tout ce désir que j'ai accumulé pour toi, j'attrape un bout du drap et le fait descendre lentement. Au fur et à mesure qu'il découvre ta peau, je sens l'excitation monter en moi. Un éclair me permet de mieux te regarder. Le drap arrivé au pied du lit, tu es là devant moi, merveilleusement nue. Alors j'attrape une plume et la fait te parcourir les jambes. Je t'observe, tu ne bouges pas. Je poursuis ces caresses. En remontant tes cuisses jusque sur tes fesses, je passe ma plume entre elles pour aller caresser ce petit bout de lèvre que j'aperçois depuis tout à l'heure. Un éclair me permet de le voir gonflé un peu plus. Je t'entends gémir, et m'arrête, suspendue à tes mouvements. Mais tu restes endormie. Alors ma plume remonte sur ton dos, tes épaules, vient caresser tes hanches. Tu gémis à nouveau sans te réveiller.

Je repose la plume et prends cette cravache qui est posée sur ton bureau. Elle est tressée finement, noir comme le ciel d'orage. Je la respire, l'odeur du cuir est divine. Je la prends bien en main et revient vers toi, à nouveau je te parcours les jambes, le dos, puis descend sur tes fesses. Je tourne la tête et te vois me regarder. Je suspends mon geste, ne sachant pas si tu vas me laisser te donner le plaisir que j'ai pour toi. Tu repousse une mèche de cheveux qui te gêne, me regarde, me souris et me dit de poursuivre. Alors du bout de la cravache je reprends la caresse de tes fesses, puis tout à coup s'abat sur la gauche un coup de cravache magistral, intense et fort. Tu cries de surprise. Je me penche vers ta fesse pour l'embrasser juste là où elle rougit. J'abats à nouveau la cravache sur ta fesse droite cette fois ci. A nouveau j'embrasse ta peau mordue par le cuir. Je te sens très excitée par cette situation. Je poursuis quelques coups sur tes fesses lorsqu'un éclair me montre à quel point tes lèvres ont gonflé de désir.

Je passe alors la cravache entre tes fesses jusque sur tes lèvres, je que caresse avec le cuir. Je les sens s'ouvrir et gonfler. Tu écartes un peu plus les cuisses pour laisser le passage à la cravache jusque vers ton clito que je sens dur sous la cravache. Je le caresse doucement avant de faire tomber la cravache sur tes lèvres. Tu cries et j'aime ce son. Ma cravache parcoure tes lèvres toutes humides. Puis je m'agenouille sur le lit près de toi et te demande d'ouvrir la bouche pour lécher la cravache, ce que tu t'empresse de faire. Ton regard gourmand me plait beaucoup. Je m'approche de toi et t'embrasse enfin. Tes lèvres ont le gout salé de ton intimité. Ce baiser d'abord doux et léger se fait intense, explorateur, sensuel, affamé. Nos lèvres se dévorent, se cherchent, se mordent, nos langues dansent ensemble dans ces baisers incroyables. Mes mains dans tes doux cheveux j'agrippe ta tête pour t'empêcher de bouger. Je te veux tellement.

Après un dernier mordillement de ta lèvre inférieure, j'arrête mon baiser, te regarde et je te dis :

- Tu es tellement belle, laisse-moi te faire l'amour
- Oh oui ma chérie, ma douce, ma lionne, aime moi, fais-moi jouir, tu me réponds.

Alors je me relève et je fais pleuvoir les coups de cravache partout sur ta peau que j'alterne avec des baisers des caresses de ma plume au même rythme que tombent les coups de tonnerre dehors. C'est comme si le ciel orageux rythmait notre plaisir. Ton dos, tes fesses, tes hanches, tes jambes, l'intérieur de tes cuisses, tous reçoivent ces caresses mordantes et douces. Tour à tour tu cries et gémis. Ton regard se fait fiévreux. Les sons sont un délice qui me rend déjà très humide. Un nouvel éclair me montre à quel point tu es gonflée et humide du plaisir que je te donne. Alors je pose la cravache et la plume, m'assieds entre tes jambes, je remonte un peu plus ta jambe repliée et ma langue fond sur cette peau qui me fait fantasmer. Du bout de ma langue je lèche toutes tes lèvres, les taquine. Puis je les prends dans ma bouche pour les suçoter, quel délice. Elles sont gonflées et délicieusement salées. Je ne me lasse pas de les lécher. Je t'entends gémir. Ma langue se fraye alors un chemin vers ce petit bouton d'amour rougit par la cravache. Je le titille doucement, tu réagis aussitôt, tu es tellement sensible. Mes lèvres fermes orchestrent avec précision la montée de ton orgasme. Je te sens te crisper, je vois tes doigts s'accrocher aux draps ton gémissement se fait intense, ta tête part en arrière. Alors d'un dernier coup de morsure sur ton clito, je te libère d'un orgasme puissant que j'accompagne en léchant tes lèvres si sensibles, si frémissantes.

Je remonte vers ton visage, te regarde et t'embrasse tendrement pour qui tu te goute sur ma bouche.

- Encore ma belle, me demandes-tu
- Retournes toi alors que je caresse tout ton corps jolie lionne
- Non, je suis pas belle, j'ai trop de formes tu me réponds
- Ma chérie si tu savais le nombre de fois où je me suis caressée en m'imaginant te faire l'amour. Je te trouve tellement désirable, tellement féline. Laisse-moi te montrer à quel point tu es sublime. Mes yeux ne quittent pas les siens en lui répondant.

Alors doucement, elle se tourne, pose sa main sur son ventre comme pour le cacher. Je pousse sa main et vient embrasser son ventre, sa peau est si douce, si sucrée. Je la regarde, lui dis « laisse-moi faire, fais-moi confiance » Elle me répond « oui ma chérie ». Alors ma bouche, mes mains parcourent sa peau, ses courbes, ses pleins et déliés avec tellement de gourmandise et de désir contenu si longtemps.

Je m'attarde sur son cou, ses oreilles, son visage, puis je descends sur ses seins. D'abord je les admire. Ils sont pleins, ronds, lourds avec une belle aréole si brune et une pointe éclose comme un beau bourgeon d'été. Je passe alors mes doigts dessus, j'en fais le tour jusqu'à arriver sur l'aréole qui frissonne. Je me rapproche de plus en plus de ce bourgeon qui est dressé et se durcit encore plus sous mes doigts. Je répète l'opération avec ton autre sein tout aussi sensible. Puis je les prends en bouche. Je les suce comme si je voulais te téter et te gober à la fois. Ils sont si lourds que je peux à peine prendre plus que l'aréole brune en bouche. Mais quel délice et quel bonheur que t'entendre gémir et aimer. De mes dents je taquine un peu durement tes tétons si durs pendant que mon autre main caresse ton autre sein. Alterner douceur et dureté te plait énormément. Je poursuis ainsi alternant les rythmes sur tes seins pendant je branle ton clito en le caressant d'une de mes cuisses. Je te sens si humide et je te vois tourner la tête en arrière, fermer les yeux pour accueillir le nouvel orgasme qui arrive. Alors je redouble d'attentions pour ton corps, ta peau, tes seins, ton clito. « Lâche toi ma belle, viens pour moi ». Je t'entends alors feuler de plaisir, si intensément comme si ton corps sortait d'une hibernation. Je me repose à côté de toi un instant pour te laisser récupérer tout en caressant ta joue et tes cheveux.

Après quelques instants calmes seulement ponctués par l'orage qui continue de gronder dehors, tu me regarde avec un sourire à la fois intimidé et coquin. Tu te tournes, ouvre le tiroir de ta table de nuit, en sors quelques chose. Tu me montre ton gode et me demande si j'ai envie de l'utiliser. Je vois à tes yeux que tu en meurs d'envie et cela m'excite à nouveau. Alors je tends la main, tu le pose dedans. Je le fais tourner dans la paume de ma main, le caressant. Il est noir, assez léger, long, à la fois doux de texture et dur. Je reste allongée face à toi, mon regard dans le tien. Je fais parcourir le gode sur la peau de ton cou, de tes hanches, de tes seins, de tes cuisses. Je m'attarde un peu plus sur l'intérieur de tes cuisses juste à l'orée de ton intimité. Je frôle à peine tes lèvres et ton clito mais tu gémis déjà. Alors je commence quelques caresses plus appuyées sur ton bourgeon et ton abricot. Du bout du gode, j'écarte doucement tes lèvres et laisse ton humidité guider le gode vers l'intérieur. Il entre seul, sans que j'aie besoin de le pousser. Lorsqu'il est en toi, je commence quelques vas et vient. Puis je l'allume et tu le sens vibrer en toi. Un râle s'échappe de ta bouche sous la surprise. Alors je te branle un peu plus avec ton gode vibrant et je t'embrasse à pleine bouche, ma langue fourrant la chaleur de sa bouche. Que c'est bon de l'entendre gémir. Je laisse ressortir un peu le gode pour qu'il vibre sur ton clito douloureux des orgasmes précédents. Et je t'entends crier, me dire que c'est trop sensible. J'appuie sur le gode pour qu'il passe à la vitesse suivante de vibrations. Je te branle du plus que je peux tout en mordillant ton oreille. Tu me sers dans tes bras si fort. Un nouvel orgasme monte. Je te sens te raidir, tout ton corps en transe face à cette vague qui déferle en toi. Un nouvel éclair zèbre la chambre et c'est comme si tu attendais ce signal pour te laisser envahir par ton orgasme. Il est puissant, fort, intense et tu me sers encore plus fort dans tes bras. J'éteins alors le gode et te câline doucement.

Nous nous posons et nous berçons doucement, je te laisse te remettre de tes émotions. La pièce est redevenue silencieuse hormis ces coups de tonnerre derrière la fenêtre.

- Mais je ne me suis pas occupée de toi ! me dis-tu.

Je te réponds que j'ai pris énormément de plaisir à m'occuper de toi et que la prochaine fois on inversera les rôles. Ton sourire coquin en réponse est la promesse de futurs délicieux moments.

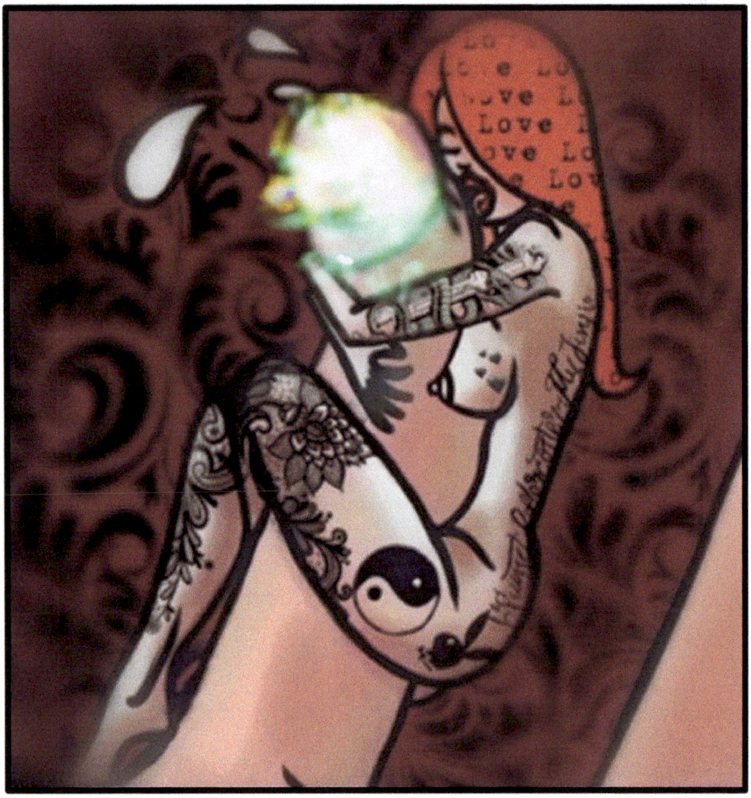

 Instagram @rebbekkamour

La Douche

La douche

Je suis installée sur le canapé, un bouquin devant moi mais je n'arrive pas à me concentrer sur ma lecture. Je m'ennuie ferme ! Mon chéri est parti pour un entrainement improvisé de foot avec quelques potes à lui. Je vois par la fenêtre qu'il fait super beau dehors, une belle journée d'été faite pour laisser le soleil réchauffer la peau. Mes pensées n'arrêtent pas de voguer vers le terrain de foot. J'imagine mon chéri dans son petit short et son maillot, courant avec ses potes, ses muscles contractés par l'effort. Je m'imagine des gouttes de transpiration courant sur son cou, son torse. Je me rêve les léchant et l'embrassant d'un baiser salé. J'imagine ses potes tous aussi sexy dans leurs shorts. J'imagine leurs torses puissants, leurs muscles bandés. Ces pensées me rendent toute humide et excitée.

Alors sur un coup de tête, je me lève et décide d'aller le voir au foot. Je ne prends pas le temps de me changer. Je me regarde juste dans le miroir avant de sortir. J'ai une petite jupe courte et fluide bleue et un top à brettelles blanc et mon regard est le reflet de mes pensées lubriques. Parfait !

Lorsque j'arrive au terrain de foot, j'aperçois mon chéri. Il s'entraine avec 5 autres potes de son équipe de foot. Je m'approche et m'appuie aux poteaux du terrain, le buste penché en avant. Je sens le soleil réchauffer mes épaules et un léger vent jouer avec ma jupette et rafraîchir mes jambes. J'avoue que le spectacle est bien plus agréable que mon livre. Voir ces 6 hommes courir en short, les muscles de leurs jambes en mouvement, leurs bras bien charpentés, les petits culs dans ces shorts et les maillots tendus sous l'effort…quel régal ! Je n'en perds pas une miette. Au bout d'un moment mon chéri me voit et court vers moi. J'admire la musculature de ses jambes. Lorsqu'il est devant moi, je passe ma main sur ses épaules musclées et en sens leur dureté. Il s'approche de moi, je peux alors sentir son odeur épicée, doux mélange de son parfum et de sa transpiration. Cette odeur m'enivre. Il passe sa main dans mon dos et ce simple contact m'électrise. Il m'embrasse alors passionnément et chaudement pendant que sa main descend sur mes hanches et le haut de mes fesses. Je le soupçonne de vouloir faire une démonstration devant ses potes. Je ne me fais pas prier pour lui rendre son baiser et faire danser ma langue dans sa bouche.

- Alors excitée par la vue ma jolie coquine ?
- Je dois avouer que j'aime finalement beaucoup le foot.
- Ta culotte doit encore être trempée.
- Je te laisse vérifier !

Je vois son regard se faire gourmand aussitôt. Il pose à nouveau sa main sur ma hanche, se rapproche de moi un peu plus, descend lentement sa main sur mes fesses et la passe sous ma jupe. Je sens alors ses doigts chauds remonter sur mes cuisses, mon entre-jambe et se poser sur mon clito qui se durcit instantanément. Je sens un doigt s'immiscer en moi délicatement.

- Coquine !! et ta culotte ?
- Oups ! je lui réponds avec un grand sourire
- Et si mes potes le savaient, imagine
- Dis-leur. Je le défi du regard.
- Chiche !

On se regarde, il porte son doigt à sa bouche et m'embrasse à nouveau passionnément puis il repart vers ses potes. J'ai encore la sensation de son doigt en moi. Lorsqu'il arrive près de ses potes, je le vois discuter avec eux avant qu'ils me regardent. Je soutiens leur regard avec excitation et beaucoup d'émotion entre les jambes. Leur entraînement se poursuit un moment encore sous mon regard excité. De temps en temps, je croise des regards lubriques vers moi. J'aime cette excitation qui me parcoure.

Enfin je les vois se diriger vers les vestiaires. Je patiente au soleil quelques minutes que mon chéri se change. Mais mon imagination vagabonde dans les vestiaires et ces hommes qui se déshabillent, se douchent, se frottent leurs corps, leurs culs fermes, leurs queues, se baladent nus dans le vestiaire. Sans que je m'en rende compte je suis arrivée devant la porte. Je l'ouvre doucement, emprunte le couloir en me guidant de leurs rires et leurs voix. J'entends un des potes de mon chéri lui dire que sa petite amie a l'air aussi chaude qu'elle est sexy. Cela me fait rire et enflamme un peu plus ma petite chatte. Au bout de ce couloir, je débouche dans le vestiaire. Je reste quelques instants à l'entrée profitant qu'ils ne m'ont pas encore vue pour apprécier la vue. Ils sont là, ces 6 hommes, splendides dans leur intimité et nudité. Certains sont torses nus, tous muscles saillants, d'autres en boxer très moulants qui laissent deviner de belles gourmandises… que c'est beau un homme.

- On dirait que ta chérie apprécie la vue, fais l'un des potes de mon mec.

Je me suis fait surprendre en train de les mater, me mordant la lèvre inférieure de ce délicieux spectacle. Tous les regards se tournent vers moi et je rougie un peu, me mordille un peu plus la lèvre et entre dans le vestiaire. Je m'appuie le long du mur et ne rate pas une miette. L'un des hommes est totalement nu, une serviette à la main. Il est grand, très fin, presque maigre mais des épaules très carrées. Ses lèvres sont gourmandes et doivent donner de délicieux baisers. Il passe devant moi en me fixant dans les yeux et se dirige vers les douches. J'ai le temps de voir sa magnifique érection et je dois dire que mon entre-jambes est dans un état très chaud. Il a une très belle queue toute fine et très longue que j'imagine me remplir profondément. Un deuxième homme assis juste face à moi, se lève du banc et sans me quitter des yeux, fais tomber son maillot, son short et son caleçon révélant une queue déjà tendue. Il est plus petit que le premier mais aussi plus épais avec un peu de ventre et des jambes très musclées. Il est barbu, j'imagine sa barbe entre mes cuisses, comme la sensation doit être douce. Il vient devant moi, sa queue assez large se balançant contre ses jambes.

- Très agréable cette visite surprise et sexy, mademoiselle

Il file lui aussi vers la douche comme tous ses potes. Mon chéri passe le dernier devant moi, je ne crois pas avoir déjà vu sa queue aussi raide et tendue. Il s'arrête devant moi, me coince contre le mur et m'embrasse durement, ses doigts aussitôt me remplissant. Il les porte à ma bouche. Je les lèches avec avidité.

- Une vraie petite cochonne ma chérie, toutes ces queues lui font tremper sa petite chatte.

Je vois à son regard qu'il est aussi excité de la situation que moi.

- Tu nous accompagne ? me dit-il

Son invitation suffit à m'encourager et me donner l'impulsion nécessaire pour me mettre en mouvement. J'enlève mes chaussures et le suis vers les douches. Je le laisse se diriger vers la douche au milieu de tous ces corps dignes des apollons. Je m'assoie sur le banc face à la douche et j'admire ces 6 hommes superbes se laver devant moi. Certains sont plus intimidés et ne me montrent que leurs fesses musclées par le foot alors qu'ils se lavent, d'autres, excités par la situation, me font face et caressent leurs peaux tout en se savonnant. Je vois leurs mains savonner leurs torses, leurs nuques, leur bras, descendre vers leurs ventres, se pencher pour laver leur jambes, remonter vers leurs queues. Elles sont toutes tendues. Je les regarde savonner doucement leurs sexes en érection. Certains, plus enhardit par la situation se branlent carrément devant moi. Mon chéri n'est pas en reste pour se caresser devant moi. Je suis absolument hypnotisée par ce spectacle.

Alors, doucement et sensuellement, je commence à me déshabiller. Je passe mon top par-dessus mes épaules, révélant mon soutien-gorge blanc. Je passe le bout de mes doigts sur mon buste et la courbe de mes seins puis je fais tomber une bretelle puis l'autre, en regardant tour à tour chacun de ces hommes. Ensuite, je dégrafe mon soutien-gorge et le retient de mes mains sur mes seins avant de le faire doucement et complètement tomber, révélant à leurs regards affamés mes tous petits seins tendus de désir, je les caresse tout en mordillant mes lèvres et en les regardant me mater. Leurs queues, encore plus dures qu'à l'instant, sont toutes délicieusement tendues vers moi. Alors je poursuis mon effeuillage, je me lève du banc, joue avec ma jupe, la faisant remonter un peu pour révéler un peu plus mes jambes. Je passe mes mains sur la ceinture de ma jupe, je me retourne et je fais tomber ma jupe à mes pieds leurs révélant mon cul rebondi. Je le fais bouger un peu, pose mes mains dessus pour le caresser et me donne une fessée dont le bruit résonne dans la douche. Je tourne mon visage et les vois, tous tournés vers moi à me mater. Que j'aime ces regards, que j'aime la faim que j'y lis. Je me sens tellement désirable et excitée à cet instant. Je me retourne complètement et les laisse me mater entièrement. Je suis nue devant eux. Je me rassieds, j'écarte mes jambes, caresse mes seins, mon ventre puis mon clito excité par le plaisir démultiplié à venir. Ces hommes reprennent leurs queues en mains pour se branler encore plus fort devant moi. Mon chéri me demande alors :

- Je crois qu'avec mes amis nous avons besoin de mains douces pour se laver, tu veux bien nous aider ?

Je le regarde, lui souris. Je me lève, m'approche de leur douche. Je ne sais pas par lequel commencer alors je pose une main sur une cuisse musclée, une autre sur une hanche rebondie. Je caresse ici une fesse ferme, là un torse duveteux, ici encore une joue barbue si douce, ailleurs un bras tendu. Ces six hommes se rapprochent de moi, m'entourent. Je sens enfin leurs mains me toucher, me caresser. Une main se pose sur un sein, une autre descend la courbure de mon dos, une autre se pose sur mon ventre, je sens une autre main empoigner une fesse, une autre se faufiler entre mes cuisses. Je me *tourne vers mon chéri, le regarde et l'embrasse longuement pour le remercier de ce moment que nous allons vivre. Son regard plein de désirs et d'envies est le signal qui me manquait. Je m'agenouille au milieu de ces hommes. Où que je tourne la tête je ne vois que de belles queues, certaines longues, d'autres épaisses, une autre plus petite, une courbée. Elles sont toutes là, magnifiques, tendues devant moi, attendant ma bouche, ma langue, mes mains. Je me dirige d'abord vers la belle queue de mon chéri. Je la prends en bouche et la suce délicatement comme il aime. Déjà je l'entends gémir doucement. Je sens une main guider la mienne vers la queue la plus longue et fine, j'attrape une queue dans mon autre main, une belle queue épaisse. Je commence à les caresser doucement de tout leur long avec de grands mouvements. Puis avec ma bouche, je change de queue pour lécher une verge très dessinée puis encore une autre plus fine, puis une verge que son propriétaire doit découvrir pour mieux sentir ma bouche. C'est un tel bonheur d'avoir tous ces hommes que pour moi. Je me régale de toutes ces queues si différentes mais si délicieuses. J'enchaine les coups de langues, les queues bien profondément dans ma bouche, les bourses que je gobe tout en caressant, branlant de mes mains d'autres queues et en malaxant d'autres bourses encore pleines de foutre.*

Au bout d'un moment, et après l'avoir bien sucé, je demande au barbu du groupe de venir s'allonger sous moi.

- Occupe-toi de ma petite chatte. Elle est tellement excitée qu'elle est grande ouverte. Elle a besoin d'une bonne langue.

Il se baisse m'embrasse à pleine bouche puis viens s'allonger sous moi, son visage juste au niveau de ma petite chatte. Il me regarde puis commence par de petits baisers partout sur mes cuisses, mon clito mes lèvres, le côté de celles-ci et bientôt je sens sa langue courir sur mon clito, mes lèvres, le côté de mes cuisses. Le contact de sa barbe contre l'intérieur de mes cuisses est un délice. Sa langue se fait plus insistante sur mon petit bourgeon que je sens s'enflammer et devenir très sensible. Ses caresses linguales me font redoubler de vigueur dans les fellations et masturbations que je procure. J'entends tous les gémissements de ses hommes et cela m'excite énormément.

- Hummmm comme tu suces bien !
- Quelle bouche !
- Ma petite salope tu aimes la bite !
- Continue de me sucer comme ça !

Leurs mots m'encouragent autant que cette langue qui me fouille maintenant entre mes lèvres. Je la sens entrer en moi et me prendre. J'aime ce qu'elle me fait.

Mon chéri qui me connait bien, demande à deux de ses potes, de venir embrasser mes seins.

- Vous allez voir comme elle aime que l'on s'occupe de ses petits seins. Léchez, sucez, tétez, mordillez ses seins. Elle va gémir comme pas possible.

Alors un homme s'agenouille de chaque côté de moi. Je délaisse la queue que je suçais un instant pour venir les embrasser et gouter leur langue.

- Alors comme ça tu aimes que l'on s'occupe de tes seins, me dit l'un d'entre eux
- Oh oui. Rendez-moi folle.

L'un des deux commence par le prendre dans sa main, le caresser, pincer et titiller le téton qui durcit un peu plus, pendant que l'autre homme prend directement en bouche mon sein. Je sens sa langue courir dessus et j'en ai des frissons. Un homme me remets sa queue dans la bouche, je reprends avec avidité cette fellation, tout en continuant de branler les deux autres. Voir un homme différent embrasser, caresser, sucer, lécher chacun de mes seins et sentir un autre homme me sucer et me doigter ma chatte m'excite encore un peu plus. Je gémis encore et encore. Alors je redouble de faim pour lécher les trois queues devant moi, les prenant tour à tour dans ma bouche, suçant les bourses, léchant les verges, faisant danser ma langue le long des queues pendant que mes seins sont stimulés par ses deux bouches gourmandes et que ma chatte est caressée et doigtée avec énergie. Je passe ma main dans les cheveux d'un des deux hommes qui suce mon sein avec avidité et je l'embrasse à pleine bouche. Sur mon autre sein, je regarde la langue de cet homme courir dessus, je le regarde me téter avec faim. Je le sens mordiller mon sein, son collègue en fait de même. Je crie de plaisir et râle de bonheur dans ce premier orgasme qui m'emporte.

L'homme qui était allongé au sol, se relève et viens me tendre sa queue qui n'a rien perdu de sa vigueur. Un des hommes que je suçais, celui qui a cette queue si longue et fine, me mets à quatre pattes et viens derrière moi. Je sens sa langue venir me lécher de mon clito jusqu'à mon petit trou. Ses coups de langue sont délicieux, humides et très excitants. Je le sens immiscer un doigt dans ma petite chatte toute ouverte et un doigt dans mon petit trou. Je gémis sous ce plaisir. Puis il retire ses doigts et viens me faire sentir sa queue qu'il promène le long de mes trous, de mon clito gonflé de désir avant d'entrer sa longue queue entre mes lèvres toutes ouvertes. Que c'est bon d'être prise ainsi alors que je suce d'autres queues et que mes seins sont l'objet de tant d'attention. Il pose ses mains sur mes hanches et commence des allers et venues en moi qui sont délicieuses. Je sens alors un doigt s'insérer dans mon petit trou et me prendre fortement. Etre stimulée de partout me comble. Je sens un deuxième orgasme m'envahir.

- Oui, allez y prenez moi bien fort. Je vais jouir
- Que c'est bon de te baiser petite salope
- T'aime ça toutes ces queues pour toi
- Tu vas toutes te les prendre et les sentir te remplir
- - baisez moi. Oui je crie encore et encore

Sous leurs mots, leurs coups de rein, leurs caresses sauvages sur mes seins, leurs queues dans ma bouche, leurs doigts en moi je jouie fortement, dans un cri qui me libère. Cet orgasme si complet me laisse haletante.

J'ai à peine le temps de me détendre, que l'homme qui me doigtait le cul, viens derrière moi. Je sens sa queue épaisse juste à l'entrée quelques instants avant qu'il n'ouvre mon petit trou de sa verge. Je la sens se frayer un chemin dans mon intimité la plus obscure et j'aime ça. Je sens une langue me lécher mon clito et l'aspirer en même temps. Je continue de sucer avidement les queues qui se présentent à moi. Je ne sais plus qui est où tellement le plaisir est immense. Tout en me sodomisant de sa large queue, cet homme me donne des fessées magistrales qui me font rugir de plaisir.

- Oui petite chienne, hurle ton plaisir. Tu mérites d'être remplie de ma queue
- Oh qu'elle est belle cette salope qui prends son plaisir sans honte
- Lèche mes couilles ma salope !

Leurs mots sont aussi envoûtants que les coups de reins qui me sodomisent. Un homme vient s'allonger sous moi. Je sens alors ses mains m'attraper par les hanches pour me faire descendre et m'empaler sur lui alors que j'ai encore cette autre queue en moi. C'est l'homme qui a la queue un peu courbée. Je la sens me prendre, me caresser de l'intérieur et venir toucher mon point le plus sensible.

- Oui allez y, baisez moi, prenez moi bien fort, faites-moi jouir encore
- Mais c'est qu'elle en redemande encore cette petite chienne

L'inexorable progression de leurs queues en moi, provoquent des tensions de plaisir, des ondes de désirs, des frissons intenses. Ils me baisent comme jamais tandis que je continue de sucer chaque queue ou couilles qui se présentent à ma bouche. Leurs coups de reins font monter un nouvel orgasme en moi. Je ne suis plus que sensations de plaisir, mon être tout entier se consume sous les vagues qui me submergent.

- Prends ça petite chienne

Sous un dernier coup de reins de mes deux amants, je fonds dans un orgasme puissant et hurlant qui me laisse haletante et frissonnante.

- Moi aussi je veux gouter cette petite salope effrontée qui est venue nous mater

Sans que je n'aie à bouger, des bouches m'embrassent, des langues me lèchent, des doigts me prennent et des mains me remettent debout. Je me retrouve alors face à mon chéri qui me plaque contre lui et fait entrer sa verge très profondément en moi, me caressant de l'intérieur, soulageant une tension et en créant une autre. Un autre homme se plaque dans mon dos et je sens sa queue me fouiller pour remplir mon petit trou. Mon chéri m'embrasse, nos langues fiévreuses se cherchent, se câlinent, je le regarde alors et lui dis :

- Que c'est bon d'être remplie ainsi, de voir toutes ces queues autour de moi, de me faire prendre par tous ces hommes
- Oh ma chérie tu me rends dingue. J'aime te voir aussi chienne et affamée devant toutes ces queues. Regarde comme tu les tends, comme ils ont envie de te baiser de partout.
- Hummmm dis moi que ça t'excite que ta chérie soit baisée par toutes ces bites
- Oh oui ma démone

Alors il accélère ses coups de reins et les deux queues en moi vont et viennent en un rythme endiablé. J'attrape une queue dans chaque main que je branle fortement. Et je vois les deux autres hommes se caresser. Je me sens la plus heureuse des femmes ainsi comblée.

- tu sais de quoi j'ai envie ma chérie ?
- dis moi. Tu peux me demander tout ce que tu veux. Je lui réponds en le regardant dans les yeux.
- je voudrais que tous ces hommes t'arrosent de leur sperme tout chaud
- oh oui. Je veux ça mon cœur
- vous avez entendu, ma chérie veut être inondée de vos semences toutes chaudes

Je regarde mon chéri dans les yeux. Il ne peut y lire qu'une excitation aussi immense que ma faim. Alors il m'aide à m'agenouiller dans la douche. Tous ces apollons qui m'ont baisée comme une reine viennent autour de moi. Ils ont leur belle queue bien tendue dans leur main. Je les vois se branler.

- branlez vous fort pour moi. Je veux que vous m'arrosiez de votre sperme tout chaud comme une belle salope

Ils sont autour de moi. Toutes ces belles queues gorgées de leurs semences. Je les entends gémir, souffler sous la montée de leur plaisir. Je les vois très excités de mes mots pour eux. Et puis je vois le premier jet de sperme sortir de la belle et longue queue qui m'a prise. Ce jet tout chaud tombe sur mon sein droit. Il est suivi très vite du jet de ses compagnons de plaisir. Ses hommes râlent leurs plaisirs qu'ils vident sur moi. Ils soufflent très fort tout en jouissant. Et je gémis sous l'excitation que cela me procure. Je suis arrosée de puissants jets qui tombent sur mes seins, mon visage, mes hanches, mon dos, mes fesses, mes épaules. Je suis tellement excitée, que je me caresse le corps avec tous leurs foutres, les mélangeant sur ma peau. Que c'est délicieux comme sensation sur ma peau.

- Reviens quand tu veux jolie supportrice me glisse un des hommes

Je le regarde en souriant. Mon chéri m'aide à me relever pendant que ces potes reprennent leurs douches.

- Je crois que vous méritez une bonne douche Mademoiselle, vous êtes pleine de sperme. Me dit-il avec un grand sourire
- Je n'ai plus la force de me laver
- Ne t'inquiète pas ma douce je m'occupe de toi.

Et je regarde mon homme, si généreux, me laver de tout ce plaisir avec beaucoup de douceur. Ses mains sont douces sur ma peau, son regard est rempli d'autant d'amour que le mien. Que j'aime cet homme capable de me permettre de tels plaisirs avec autant de générosité.

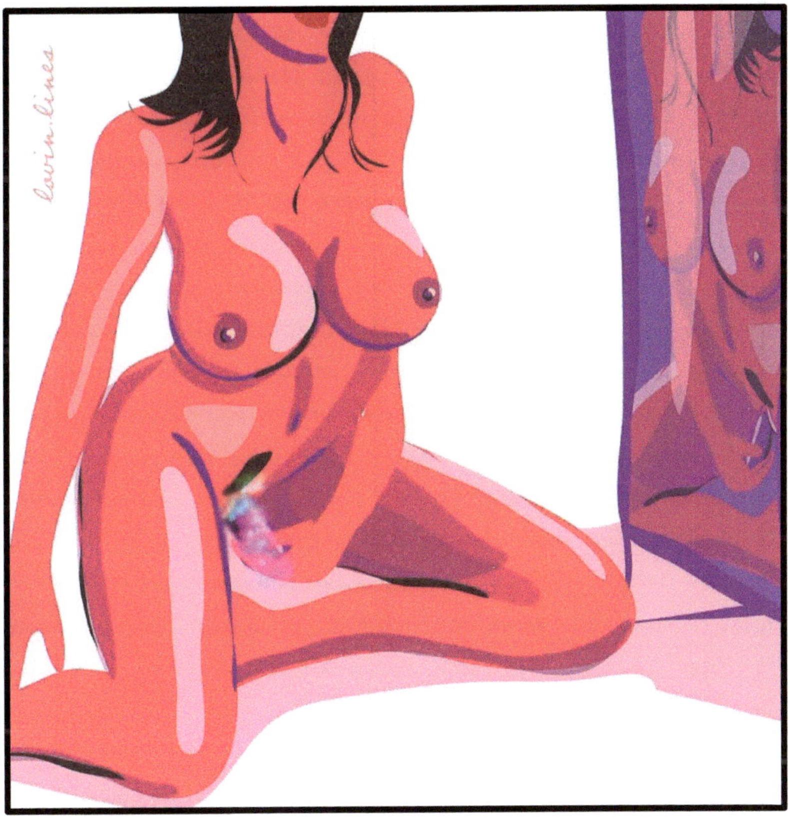

La Colocataire

La colocataire

C'était le début d'une nouvelle vie pour moi. J'avais aménagé en colocation quelques semaines auparavant et fais la connaissance avec mon nouveau colocataire. Un homme pas plus grand que moi, plutôt carré d'épaules avec un petit ventre et des jambes assez courtes. Je le situais dans mes âges. Il était tellement loin de mes goûts en matière d'homme que je ne me faisais aucun souci quant à notre cohabitation. Mais son sourire spontané et son regard doux m'avaient inspiré confiance. J'avais enfin terminé mes cartons et démarré mon nouveau travail. Toutes ces nouveautés me permettaient d'envisager un nouveau départ après toutes les galères vécues ces derniers temps. J'avais besoin de souffler et de moments sympas sans prise de tête. Même si mon entourage m'avait ouvertement critiquée lorsque je leur avais annoncé mon choix de vivre en collocation et mon nouveau travail, je comptais profiter de cette deuxième jeunesse qui s'offrait à moi. Plus de mari, des filles adultes et installées dans leurs vies, plus de famille trop proche...la liberté s'offrait enfin à moi ! Et il était temps à 50 ans passés.

Ce mardi, mon rédacteur chef m'a donné mon après-midi. Le temps est trop mauvais pour que j'envisage une ballade en ville. Je suis donc à l'appartement seule, je sais mon colocataire à son travail jusqu'en début de soirée. Je profite de ces moments rien que pour moi pour explorer l'appartement, range ici et là quelques magasines qui trainent, je fais un brin de ménage puis je me pose avec un livre. Mais rien ne retient mon attention. J'ai eu dans ma vie, si peu de moments pour moi que je culpabilise un peu. Je décide alors de m'offrir une séance de relaxation pour me détendre. J'entreferme les volets de ma chambre pour la plonger dans la pénombre. Je n'allume qu'une toute petite guirlande lumineuse au-dessus de mon miroir sur pieds et je m'allonge sur le dos sur mon lit. Du plat de mes mains, je lisse doucement ma robe à brettelles et rabat sur moi mon gilet noir. Je démarre une musique latine douce et sensuelle, je ferme les yeux et commence à me relaxer. Mais mon esprit n'en fait qu'à sa tête ! Je me retourne sur le ventre et j'ouvre le tiroir de ma table de nuit pour prendre un bonbon. Et là je vois me narguer mon gode tout neuf que je n'ai pas encore osé essayer. C'est un cadeau de mes copines après mon divorce pour, m'ont-elles dit, « prendre ton pied comme jamais ton ex ne te l'a fait ». J'avoue que j'avais été gênée d'un tel cadeau et je l'avais totalement oublié. Ce gode me semble énorme, il faut dire que mon ex-mari n'avait pas vraiment été gâté par la nature. Pendant toutes ces années je m'en étais contentée, me concentrant sur l'éducation de nos filles et mon épanouissement au travail. Je caresse son silicone noir du bout des doigts. C'est plutôt agréable au toucher. Il imite parfaitement une belle queue avec les veines, les plis, une verge proéminente, un frein bien dessiné et un col tout en arrondi. Toujours aucun bruit dans l'appartement, j'attrape alors ce gode, il est assez lourd en main. Je me dis que puisque tout le monde joue avec ces trucs-là, je vais me laisser tenter pour ne pas mourir idiote.

Je me lève du lit et viens me poster devant mon miroir sur pied. J'enlève mon gilet que je lance sur le lit. Je me regarde en essayant de ne pas me juger trop sévèrement. Dans mon miroir se reflète une femme d'âge mûr somme toute assez belle et bien faite. J'ai toujours beaucoup aimé mon sourire doux et mes yeux très sombres. Mes cheveux d'un brun soyeux (merci la coloration !) sont libres et indisciplinés comme toujours. Les trois accouchements ont laissé comme trace de nombreuses vergetures sur les hanches qui se sont faites plus pleines avec le temps. Mes seins, qui ont toujours suscités beaucoup de regards, sont bien pleins. Même s'ils ont perdus leur tonicité depuis longtemps, ils continuent de tétonner fièrement à travers le tissu de ma robe. J'ai d'ailleurs déjà surpris plusieurs fois mon colocataire admirer les pointes formées sous le tissu d'un tee-shirt ou d'un chemisier. A ce souvenir, je caresse légèrement mes seins qui pointent de plus belle. Je fais descendre mes mains sur mon ventre arrondi dont la peau est distendue puis je les laisse descendre sur mes cuisses pour remonter le tissu de ma robe. Je porte dessous une culotte en coton toute simple et me dit qu'il serait temps d'investir dans de la jolie lingerie en

dentelle. Je vire cette culotte et reprend le gode. J'aime son poids dans ma main. Je baisse les bretelles de ma robe pour libérer mes seins. Je fais courir ce gode sur mes seins. Je dois avouer que la sensation est douce et agréable. Je maitrise la vitesse et les mouvements. J'aime le spectacle que je vois dans ce miroir, une femme ordinaire qui se donne du plaisir et explore son corps. Je m'agenouille devant le miroir et fais descendre le gode sur mon ventre puis sur mon pubis. Il me chatouille sur ma toison. Je le descends encore un peu pour venir caresser mon clito et mes lèvres. De mon autre main je caresse et pince mes seins. Que c'est bon de se faire du bien. Alors je pose au sol, ce gode proéminent, et j'ondule au-dessus pour caresser ma chatte avec. Sans m'en rendre compte, je gémis sous les sensations que je découvre.
...

Ma journée terminée et au vu du déluge dehors je décide de rentrer à l'appartement pour préparer un bon diner pour le partager avec ma coloc. Depuis quelques années que je loue en colocation une chambre de mon appartement j'étais tombé sur quelques phénomènes mais ma coloc actuelle me semblait saine d'esprit et plutôt timide. Nous avions déjà eu l'occasion de discussions assez agréables et je dois m'avouer que le fait qu'elle soit une belle femme qui s'ignore et de mon âge ne gâche rien au plaisir. Je me souviens avoir été particulièrement troublé un matin récemment lorsqu'elle était venue prendre son thé en pyjama et que ses tétons pointaient effrontément sous son tee-shirt. Je m'étais félicité d'être assis au comptoir et qu'elle ne voit pas la belle bosse que cela avait provoqué. La belle bosse qui repointe à l'instant. Si je suis honnête je dois m'avouer qu'elle m'attire et m'intrigue en même temps. Elle semble timide et réservée et pourtant je sens à son regard qu'elle pourrait être une belle lionne. Et comme je suis un homme de challenge

...

Je sors du bus et cours les derniers mètres jusqu'à la porte de l'immeuble pour ne pas être trop mouillé. Je grimpe rapidement les 2 étages pour me muscler les cuisses et mon petit cul, seule partie de moi qui suscite des regards. Puis j'entre dans l'appartement. J'enlève et fais pendre mon manteau dans l'entrée lorsque j'entends un petit bruit que j'écoute attentivement...mais oui on dirait bien un gémissement de femme. Comment est-ce possible ? Je tiens trop à mon indépendance pour laisser une clé de chez moi à une de mes maîtresses. J'avance doucement, la porte de la salle de bains grande ouverte me révèle que la pièce est vide. Je continue d'avancer et me trouve juste à la porte de la chambre de ma colocataire. Il n'y a pas de doute les gémissements viennent d'ici. Aurait-elle un amant qu'elle m'aurait caché ? Elle n'a encore reçu aucune visite depuis son aménagement et est censée être à son travail. La porte est grande ouverte je m'en approche doucement. Et là, quel spectacle magnifique... Je bande immédiatement et d'une force comme rarement. Ma douce et timide colocataire est agenouillée dans la pénombre devant son miroir éclairé d'une guirlande. Elle ne porte qu'une robe dont elle a fait tomber les bretelles pour révéler ses seins magnifiques. De beaux seins lourds comme j'aime avec une belle aréole et qui pointent magnifiquement. Sa robe ne lui cache plus que sa taille, elle est aussi relevée, dévoilant un petit cul splendide. Mon regard continue de la parcourir et j'aperçois entre ses cuisses au sol un bon gros gode noir luisant sous sa mouille. Ce gode apparait et disparait dans sa chatte au fur et à mesure qu'elle s'empale dessus. Ma timide colocataire est entrain de s'enfiler un gode monstrueux et se donne ainsi beaucoup de plaisir. Je savais qu'une lionne se cachait sous cette douce apparence. Elle a les yeux fermés et gémit sans aucune gêne, elle est juste concentrée sur son plaisir. La voir ainsi offerte et voir le gode disparaitre entre ses lèvres grandes ouvertes et ruisselantes m'excite au plus haut point. Je ne peux m'empêcher de baisser mon pantalon et mon boxer pour libérer ma queue bien dure qui fait pâle figure à côté de son gode géant. Je commence à me branler doucement sans la quitter des yeux.

...

Mon dieu que c'est bon de se donner du plaisir soi-même. Mais pourquoi ai-je attendu aussi longtemps avant de le faire. Merci les copines de votre cadeau ! Que c'est bon de me sentir remplie de ce gode qui coule ente mes grandes lèvres comme s'il avait été fait pour elles. Les yeux fermés je suis concentrée sur ce plaisir. Je caresse et pince mes seins. Bizarrement à un moment je sens comme une présence. J'ouvre les yeux et je vois à travers le miroir mon colocataire sa queue tout dure à la main en train de se branler sur le pas de ma porte. Une puissante bouffée de plaisir monte en moi. Sa queue semble très dure entre ses mains et il semble prendre beaucoup de plaisir. Que c'est bon de le voir se caresser sur le spectacle que je lui ai offert sans le vouloir. Je relève les yeux et croise son regard qui doit être aussi fiévreux que le mien. Alors je continue de descendre sur mon gode sans le quitter du regard pour l'exciter encore plus. Il s'approche de moi lentement. Sa belle queue entre ses mains. Puis il vient se placer devant moi. Je continue de caresser mes seins tout en le regardant se branler devant moi. De près je peux voir comme sa queue est dure et sa verge bien dessinée, quelques gouttes perlent. Il les pousse et les fait tomber sur mes seins. Je les attrape du bout des doigts pour les sucer sans le lâcher du regard. Nous ne parlons pas mais nos gémissements et nos yeux le font pour nous. Dans cette pénombre nous sommes deux êtres qui se donnent un plaisir incroyable sans même toucher l'autre. Je ne savais même pas que ça pouvait exister. Je sens le plaisir monter en moi encore et encore. J'accélère les empalements sur mon gode et je le vois accélérer sa main sur sa queue. Notre jouissance n'est pas loin et sera intense. Il me regarde puis s'approche plus près de moi. J'ouvre alors la bouche juste devant sa queue et dans un dernier mouvement je jouie intensément. C'est le

signal qu'il attendait pour laisser son plaisir l'envahir. Il jouit alors me remplissant la bouche de son sperme chaud et doux. Je garde la bouche grande ouverte pour ne pas en perdre une goutte. Son foutre n'en finit pas de sortir et me coule sur le menton. Je sens quelques gouttes chaudes tomber sur mes seins. Lorsqu'il a fini de jouir nous nous regardons, il se penche vers moi et m'embrasse à pleine bouche alors que j'ai encore tout son sperme sur la langue. Ce baiser est profond, sauvage et incroyablement érotique. Mon coloc se rhabille et quitte la chambre en fermant doucement la porte. Que cette expérience est incroyable. Rien à voir avec ma sexualité de ma vie d'avant !
...

Depuis que je l'ai surprise avec son gode, ma coloc ne quitte plus mes pensées. J'ai envie d'elle et j'ai envie de sexualité débridée avec elle. Chaque fois que je repense au moment où j'ai joui dans sa bouche je bande comme un malade. Mais je vois bien qu'elle est un peu gênée depuis, lorsqu'on se croise. J'ai donc cherché une idée pour la provoquer et la sortir de sa zone de confort.
...

Après ma folle journée de travail, je rentre exténuée à l'appartement. Mon coloc n'y est pas et j'avoue que cela m'arrange. Ce moment partagé il y a quelques jours me fait rougir à jusqu'aux oreilles chaque fois que je le croise. C'était si intime et si intense et si...cochon. Je prends vite fait une douche et une soupe puis je vais me coucher en nuisette. Je sais que demain la journée sera aussi chargée, j'ai besoin de me reposer. Quelques temps après, j'entends la porte d'entrée s'ouvrir. J'entends mon coloc et ce qui semble être une voix de femme, ils ont l'air de beaucoup rire. Ma curiosité est la plus forte, j'entrebâille doucement ma porte au moment où ils passent devant. Je vois, de dos, une jolie blonde toute jeune moulée dans une robe noire qui ne cache rien de ses formes. Mon coloc, derrière elle, lui remonte la robe pour révéler un cul à peine caché par un string en dentelle rose. Il attrape son cul à pleines mains, l'embrasse dans le cou, lui dit qu'il va bien la baiser, puis se tourne vers moi et me fait un clin d'œil en souriant. Je suis morte de honte d'avoir été surprise ainsi à les mater. Je referme vite ma porte, je cœur battant et je dois bien avouer la chatte frémissante. C'est plus fort que moi, je les écoute à travers la porte, j'ai l'impression qu'ils sont dans le salon juste devant ma chambre. Je rouvre doucement la porte et je les vois, lui est assis sur le canapé, le pantalon enlevé, et la queue tendue bien droite. Elle est en train d'enlever son soutien-gorge rose, sa robe a déjà disparu. Mon coloc lui demande alors de le sucer. Elle s'agenouille devant lui, relève ses cheveux et commence à le pomper avec avidité. Il n'y a pas à dire elle sait comment s'y prendre avec un homme. Ce spectacle est excitant et lorsque je détache mon regard de cette bouche sur la queue de mon coloc je croise le regard de celui-ci fixé sur moi. Il pose la main sur la tête de sa partenaire et l'encourage d'un « c'est bien, suce-moi bien comme ça petite salope » sans me quitter des yeux. Son regard est carnassier et me fait frissonner. Je me rends alors compte que je suis en train de me caresser le clito devant lui. Mes lèvres sont trempées, je passe mes doigts dessus et les porte à ma bouche pour les sucer un à un. Que c'est excitant de voir l'effet que ça a sur lui.

Mon coloc dit alors à sa maîtresse qu'il va maintenant bien s'occuper d'elle. Il attrape un bandeau noir et lui passe autour des yeux. Il la fait se relever, lui enlève son string et la dirige vers sa chambre. Au passage il m'attrape la main et me fais signe de le suivre. Je suis dans un état second et décide de ne pas me poser de question. Lorsque nous entrons dans sa chambre, je me poste debout à l'entrée. Il laisse sa maîtresse au milieu de sa chambre le temps de tamiser la lumière et de mettre en route de la musique. Puis il revient vers elle, tourne autour d'elle en la frôlant du bout des doigts de temps en temps. Il sème ici un baiser, là un coup de langue, ici encore une légère morsure. Et pendant tout ce temps il ne me quitte pas des yeux. Je suis comme tétanisée et impatiente de la suite. Il se place devant elle, caresse ses seins et lui demande s'ils aiment les caresses. Elle lui dit que oui alors il tire doucement sur leurs pointes, ce qui la fait gémir et tendre mes seins sous ma nuisette. Il se recule, viens vers moi, et fais tomber les bretelles de ma nuisette pour exposer mes seins et mon corps à lui. Dans un réflexe, je mets mes mains devant moi pour cacher mon corps bien moins beau que celui de cette jeune demoiselle. Mon coloc me regarde avec un sourire doux et me fait signe que non de la tête tout en enlevant mes mains. Il frotte ensuite son pouce sur mes tétons déjà durs. Puis il retourne vers elle, tête goulûment ses seins, les malaxe dans ses paumes. Puis il lui demande comment est sa chatte, « toute chaude et humide pour toi » lui dit-elle. Alors Il la fait se pencher en avant m'offrant une vue imprenable sur sa chatte, ses lèvres, son clito et son petit trou. C'est la première fois que je matte le corps d'une autre femme, que c'est joli. Elle semble toute entière au plaisir du moment. Il lui écarte bien les jambes et me regarde la mater. Puis il lui passe les doigts entre ses lèvres, va titiller son clito, enfonce un doigt puis deux en elle. Elle gémit immédiatement. Il ressort ses doigts et vient vers moi. Il me tend ses doigts à lécher. Je ne me fais pas prier. Que cette mouille est délicieuse, plus sucrée que la mienne. Mon coloc m'embrasse avec ses doigts dans nos bouches. Je me retiens de gémir. Il me fait signe de garder le silence.

- Pourquoi me laisse tu ? te demande t'elle
- Serais tu impatiente petite effrontée ? tu lui réponds en te dirigeant vers elle. Tu lui assènes une fessée. Je sursaute au moment où la fessée retentie sur son cul « Ça c'est pour ton impertinence ». Son cul se marbre de rouge là où tes doigts ont fait une marque

Alors tu la fais s'allonger sur le dos sur le lit, tu lui attache les mains aux montants de ton lit et tu te places à califourchon au-dessus de son visage pour qu'elle n'ait que la bouche à ouvrir pour déguster ta belle queue. Tu lui écartes les cuisses et je m'approche un peu du lit pour mieux vous mater. Tu joues avec ses seins pendant qu'elle te suce comme une damée. Je sens comme tu aimes sa bouche, tu te crispes, gémis, tu râles sous ses coups de langue experts. Tes mains maltraitent ses seins que tu pinces, malaxe, tire et suce goulument. Puis tu descends vers sa chatte que tu m'as bien exposée. Te voilà en 69 sur elle et vos corps sont magnifiques à regarder. Je suis maintenant tout contre le pied du lit, tu tends une main pour me doigter. Tes doigts en ressortent trempés, tu les lèches avant de recommencer à me doigter mais cette fois si tu portes tes doigts mouillés sur son clito. Que c'est excitant ! Alors tu me regarde puis tu te penches pour la lécher pendant que de ta main libre tu me doigte. Je ne peux m'empêcher de titiller mon clito et de mêler mes doigts aux tiens. Que c'est dur de retenir mes gémissements alors que vous vous adonnez aux vôtres. Tes doigts me quittent pour aller la fouiller longuement et intensément, à tel point qu'elle se met à couler encore et encore. Tu attrapes sa mouille et m'en badigeonnes mes seins. Je les caresse toute excitée de ce plaisir...cochon. Tu as l'art de me faire sortir de ma zone de confort et j'aime ça.

Lorsque tu n'en peux plus, tu te relèves, attrape dans la table de nuit un préservatif dont tu déchire l'emballage avec tes dents, toujours en me regardant. Tu es tout près de moi et je tends la main pour caresser ta queue toute humide de la salive de ta partenaire. Je te sens si excité.

Tu me tends le préservatif pour que je te l'enfile. Je n'en ai jamais mis de ma vie, je serais bien incapable de te le mettre. Je te fais signe que non. Alors tu l'enfiles sur ta queue devant moi tout en suçant mes seins. Puis tu retournes vers elle sur le lit. Tu te places à califourchon sur elle, tu lui fais sentir ta queue contre son clito que tu agaces.

- Veux-tu ma queue ?
- Oh oui !
- Dis-le-moi petite chatte
- Prends-moi de ta belle queue, baise-moi mon chéri
- Hummmm, comment résister à une telle demande. Tu lui dis en me regardant droit dans les yeux.

Sans me quitter des yeux, tu t'enfonces alors en elle doucement mais profondément. Je l'entends gémir fortement. Que c'est excitant de vous voir faire l'amour. Tu commences à aller et venir en elle. Elle t'encourage de ses cris. Vous voir ainsi, me fais me caresser encore plus. Je tire la pointe de mes seins et je me doigte au rythme de tes coups de reins en elle. Je sens un plaisir intense monter en moi. Nos regards sont fiévreux et si érotiques, bestiaux je dirais même. Tu la détache des montants du lit et la retourne à 4 pattes. Puis tu la reprends en levrette, tes mains agrippées à son petit cul. Tu lui donne de gros coups de rein qui la font hurler et en redemander.
- Tu aimes que je te baise fort
- Oh oui

- Tu aimes ma queue dans ta chatte
- Oui baise moi fort
- Tu en veux encore petite salope
- Ouiiii, ouiii, vas y

Pas un instant ton regard ne me quitte en prononçant ces mots. Je me caresse de plus belle et plus fort encore. Mon orgasme monte d'en coup et je dois me couvrir la bouche de ma main pour ne pas crier. Ça te fait sourire. Alors tu accélères tes coups de rein et viens en elle sous un râle puissant. Je m'éclipse discrètement de la chambre et file dans la mienne. Lorsque je croise mon reflet dans le miroir, je vois une femme les yeux pétillants, toute rouge, nue, sa nuisette à la main et les cheveux en bataille, une femme qui vient assurément de prendre un shoot de plaisir. Je file me coucher et sens que ma nuit va être peuplée de rêves interdits au public.

Lorsque l'on se croise le lendemain matin au petit déjeuner, je suis toute rouge alors que ton regard de loup est à nouveau là. En passant la main sur ton bas de pyjama, tu me montres comme tu bandes d'un coup en me voyant. Je rougie de plus belle et je vois comme ça t'attendrie. Tu profites que ta maitresse soit sous la douche pour t'approcher de moi, tu me regardes et me dit « A ton tour de me provoquer maintenant » avec ce regard carnassier qui me fait fondre et faire n'importe quoi. Et je me rends compte que malgré moi j'ai déjà quelques idées qui me viennent pour te rendre fou comme tu viens de le faire avec moi.

 @amourXpassion

Le Massage

Le massage

Avant que mon prochain client n'arrive, je vérifie que la chambre est prête pour son massage. J'ai préparé le lit, sorti mes huiles de massages et bougies pour tamiser la pièce. Cela fait maintenant plusieurs mois que je propose des massages pour compléter mes revenus. Ma clientèle est pour le moment exclusivement masculine mais très respectueuse du cadre. Tous ces hommes que je reçois ont tellement besoin de douceur et d'attentions. Je les sens si esseulés dans leurs vies et leur solitude me touche beaucoup. Mon prochain client vient pour la première fois. Nos échanges par messages étaient plutôt agréables et je dois dire que la photo qu'il m'a envoyée laisse présager un bel homme d'une quarantaine d'année.

On frappe à la porte, je vais ouvrir et me retrouve face à mon client. C'est effectivement un très bel homme. Il a le crâne rasé et parfaitement lisse et une légère barbe qui pousse. Je le salue, le fais entrer. Il a une très belle voix chaude et masculine comme j'aime. Il commence par régler le massage. Je lui propose de prendre une douche afin de commencer à se détendre. Pendant qu'il se déshabille, j'allume les bougies, démarre la musique suave et ne peux m'empêcher de jeter un œil vers cet homme. Je le découvre torse nu, et je reste scotchée sur la musculature impressionnante de ses épaules. Son torse est incroyable malgré un petit ventre tout en courbes délicieuses. Lorsque je relève les yeux, il est en train de me regarder et de sourire. Je ne peux m'empêcher de rougir, surprise en flagrant délit de matage. Je le laisse prendre sa douche et s'essuyer. Pendant ce temps, j'enlève ma robe zippée, je ne suis plus qu'en bas avec un ensemble de lingerie noire en dentelle. Je lui propose alors de s'allonger sur le lit, sur le ventre. J'ai le souffle coupé de la vue que j'ai de lui, ses cuisses sont aussi musclées que ses épaules et son fessier est tout simplement magnifique. Je sens que je vais adorer m'occuper de lui.

Je décide d'utiliser mon huile de massage au chocolat devant la gourmandise de son corps. Je m'assieds près de lui et prends un peu d'huile au creux de mes paumes. Je commence par lui masser son bras et son épaule droite avec de grands gestes fermes et doux à la fois de son épaule jusqu'au bout de ses doigts.

- Délicieuse odeur. Me dit-il
- J'ai choisi l'huile de massage au chocolat pour aujourd'hui.
- J'adore c'est très gourmand

Je poursuis le massage et renouvelle mes gestes sur son bras gauche avant de venir m'assoir à califourchon sur le bas de son dos. Je reprends un peu d'huile avant de masser sa peau douce. Je masse ses épaules, ses flancs, sa colonne vertébrale et je l'entends gémir doucement sous mes doigts. Je dois avouer que cela m'excite beaucoup. J'essaie de me reprendre et de me concentrer sur ce massage mais je sens l'atmosphère se charger d'une tension délicieuse. Mes mains courent sur tout son dos, du haut vers le bas. Puis je masse son cou et son crâne du bout des doigts. Il gémit encore plus intensément. Mes mains se baladent sur tout son crâne pour son plus grand plaisir. Doucement en même temps, je bouge mon bassin qui est collé à ses fesses. Ma culotte fait délicieusement le lien entre ses fesses et mon clito. Je me retiens de gémir. Ensuite, je me concentre sur ses fesses que je masse fermement sous ses gémissements. Puis je descends et me positionne pour masser ses jambes musclées. Mes mains remontent ses jambes depuis ses chevilles jusque sur l'intérieur de ses cuisses. Je frôle doucement la peau de ses bourses, aussitôt il gémit plus fort. Alors je recommence encore et encore mes longs mouvements de ses chevilles jusqu'à ses bourses que je malaxe au passage. Je le vois se soulever un peu pour me faciliter le passage.

- Tes mains sont incroyables
- Merci beaucoup. J'avoue beaucoup apprécier te masser

Je poursuis ensuite par de longues caresses du bas de ses jambes jusque ses cuisses ses bourses en remontant vers ses fesses sont dos ses épaules. Je renouvelle plusieurs fois ce mouvement sur son corps entier. Je reviens m'asseoir à califourchon sur le bas de ses fesses et je dégrafe mon soutien-gorge en dentelle. Je me penche vers lui pour lui faire sentir le bout de mes seins sur ses fesses. Aussitôt il gémit de plus belle et déplace ses mains pour venir toucher mes seins. Ces mains sont douces et délicieuses. Je remonte sur son dos avec mes seins, le caressant du bout de mes tétons durs puis je redescends son dos en appuyant plus mes seins sur lui. Je dois avouer que l'entendre gémir et sentir ses mains chercher mes seins m'excite. Je remonte encore jusque sur ses épaules et je le vois tourner la tête pour essayer d'attraper en bouche un sein mais je m'amuse à me dérober de lui pour le frustrer un peu. Ce moment peau à peau est très doux et me rend fébrile.

Je me relève avant de lui demander de se retourner sur le dos. Il s'exécute et je peux constater la belle érection que lui a procuré ce début de massage. Encore une fois il surprend mon regard vers son mat dressé. Nous échangeons un sourire complice. Je me place debout au bord du lit, juste au-dessus de sa tête, une jambe de chaque côté. Je reprends un peu d'huile et masse ses épaules avec des mouvements bien appuyés. Mes mains glissent ensuite vers son torse, ses pectoraux et ses poignées d'amour. Au bout d'un moment il lève les bras et caresse doucement mes bras tout en m'interrogeant du regard. Je lui fais signe dans un sourire qu'il peut continuer. Ses mains parcourent mes bras, descendent vers mes jambes, mes fesses puis remontent vers mes seins qu'il caresse. Je poursuis pendant ce temps, le massage vers son ventre puis me penche un peu pour masser ses hanches tout en frôlant sa belle queue toute tendue. Ses mains se font plus audacieuses et massent le contour de mes seins plus fermement. Il les expose devant lui avant de les prendre à pleine main. Je ne peux plus retenir mes gémissements. Alors de mes mains j'accélère les mouvements sur ses hanches en frôlant de plus en plus sa belle queue toute tendue.

Pendant que ses mains caressent mes seins, je reprends un peu d'huile et j'attrape entre mes doigts sa belle queue. Direct, il laisse échapper un gémissement intense. Je commence alors à masser fermement sa queue tendue. Je me concentre sur sa verge dont la peau est si douce. Ses mains sur mes seins m'excitent et me donnent encore plus envie de le branler avec application. Mes mouvements se font longs et rapides au fur et à mesure que son souffle s'accélère. Et très vite il jouit entre mes doigts, libérant un sperme chaud par grands jets laiteux. Je continue de le masser encore un peu pour accompagner sa jouissance.

- Je suis désolé d'être venu si vite mais tu m'as tellement excité avec ton massage
- Ne t'inquiète pas, ce qui compte c'est que tu sois bien détendu maintenant.
- Crois-moi c'est le cas, ton massage était magique et tu es une belle femme ce qui ne gâche rien
- Merci beaucoup

Je me relève et vais laver mes mains de l'huile de massage. Je lui propose de faire une douche pour se nettoyer, ce qu'il accepte. En passant devant moi, il me demande :

- Je peux te demander une faveur, s'il te plait.
- Oui dis moi
- Je voudrais sentir ta culotte. Je te promets que je ne te toucherai pas, juste te sentir. J'aime cette odeur et je suis sûre que la tienne est enivrante.

Je le regarde et accepte. Alors il s'agenouille devant moi, avance son visage près de ma culotte et me renifle. Ce geste est d'un érotisme incroyable et me fait frissonner de la tête aux pieds. Il dépose alors un baiser tout léger sur ma culotte et se relève. Ce geste tout simple me touche profondément, tant il est respectueux. Il file ensuite à la douche pendant que je me rhabille. Lorsqu'il sort de la douche et se rhabille il me demande à nouveau :

- J'ai une autre faveur à te demander mais tu vas dire que j'abuse.
- Lance toi je te dirais ce que j'en pense, je lui réponds.
- Voilà, j'ai un pote je suis sûr qu'il aimerait beaucoup assister à un massage en tant que spectateur
- Tu veux dire nous regarder pendant que je te masse ?

- Oui c'est ça
- Sans nous toucher ?
- Oui. Il est voyeur.
- Vous avez déjà fait ce genre de choses ?
- Oui une fois. La femme était d'accord. Il m'a regardé lui faire l'amour. Il n'est pas intervenu, ce qui lui plait c'est de regarder.
- Ok. Je veux bien tenter l'expérience.
- Sérieux ? Merci beaucoup. Il va adorer et moi aussi me dit-il dans un sourire craquant

Nous discutons du cadre de ce prochain massage particulier, puis il m'embrasse sur la joue avant de partir me laissant pensive de ce que je viens d'accepter.

Quelques temps plus tard, ce deuxième rendez-vous arrive. Je dois avouer que je suis stressée de ce que j'ai accepté. J'espère que cela se passera bien. En même temps, l'idée d'être regardée pendant un massage me plait bien. D'après la photo qu'il m'a envoyée, son ami est plutôt pas mal aussi. Perdue dans mes pensées, je sursaute au bruit de la sonnette. Je vais ouvrir à mes deux compagnons du jour. Il me présente son ami qui est effectivement bel homme. Je leur montre où j'ai installé la chaise de notre voyeur et les invite à passer à la douche. Pendant ce temps j'enlève ma robe et me retrouve en sous-vêtements en dentelle rouge et en bas. Lorsque mon client sort de la douche, je note son regard sur moi, nos yeux se rencontrent et nous nous sourions. Son ami sort de la douche, s'essuie. Je lui désigne la chaise et lui demande si cela lui convient. Il me répond que oui et va s'y asseoir, totalement nu.

Je me retourne vers mon client et lui demande de s'asseoir jambes croisées devant lui sur le lit, face à son ami. Il pose ses mains sur ses genoux et je me place à genou derrière lui.

Je choisi pour cette séance l'huile parfumée au monoï pour son côté exotique. Je commence par lui masser les épaules. Il baisse la tête en avant ce qui me permet de mieux masser ses épaules et sa nuque tout en remontant vers son crâne. Je m'y attarde, sachant combien il a aimé ça la dernière fois. Aussitôt je l'entends gémir. Je regarde son ami qui est concentré vers nous, assis tranquillement mais avec le regard pétillant. Je descends mes mains sur ses bras, revenant jusqu'à ses mains posées sur ses genoux, puis je remonte vers ses épaules. Je passe les mains doucement de son cou vers ses pectoraux que je masse. La présence de son ami m'excite secrètement, j'ai envie de rendre ce massage sensuel au possible. Et je dois m'avouer que j'ai envie de voir son ami bander devant notre massage. Alors je me colle contre son corps pour mieux masser ses pectoraux, son ventre, je m'arrête juste avant sa queue que je vois déjà se redresser un peu. De son ventre, je remonte vers son torse, son cou puis masse son dos, vertèbre par vertèbre. Je masse ses omoplates, chaque partie de son dos, m'y attardant longuement. Sous mes doigts je le sens se détendre, ses muscles se dénouer uns à uns en même temps que ses gémissements augmentent.

Je lui demande alors de s'allonger sur le dos et je me replace comme la dernière fois debout au bord du lit, une jambe de chaque côté de son visage. Je reprends un peu d'huile et je masse ses épaules. Très vite je sens ses mains remonter sur mes fesses et venir caresser mes seins qu'il libère de leur contrainte de dentelle rouge. J'ai un regard pour son ami qui commence à se caresser doucement. Je me penche un peu plus vers mon client pour masser son ventre et ses hanches, ce qui lui permet d'attraper un de mes seins avec sa bouche et de le sucer doucement. Un gémissement m'échappe immédiatement. Je fais descendre mes mains vers sa queue érigée si fièrement. Je regarde son ami tout en le branlant au même rythme qu'il se caresse. Son ami n'a d'yeux que pour cette queue qu'il dévisage comme s'il voulait la manger. Ce spectacle est très excitant. Pendant que je caresse mon client, je le sens qui passe ses mains sur la dentelle déjà humide de ma culotte, ses doigts caressent au travers du tissu mon clito déjà durcit. Sa bouche n'a pas quitté mes seins qu'il suçote l'un après l'autre, agaçant de sa langue et de ses dents mes tétons. Du bout de ses doigts, je le sens qui décale doucement ma lingerie pour toucher mes lèvres frémissantes. Ces doigts sont excitants. Alors je me lève et viens me placer devant son ami, je lui demande s'il veut bien retirer ma culotte, ce qu'il fait sans se faire prier. Il s'approche du bord de sa chaise, pose ses mains de chaque côté de ma culotte, approche son visage, m'embrasse sur le nombril et la fait descendre lentement. Je passe ma main dans ses cheveux pour maintenir sa bouche contre ma peau. Lorsqu'il a fini, il se penche et me tend ma culotte. Je le remercie d'un sourire et retourne voir mon client dont le regard est intense de plaisir retenu

Je passe ma culotte devant son visage pour qu'il la sente ce qui le fait gémir et sourire. Puis je caresse son corps avec, la faisant passer sur son cou, ses tétons, son petit ventre, jusqu'à son sexe tendu que je caresse avec ma dentelle rouge. Mon client est très, très excité tout comme son ami qui se caresse vite tout en soufflant fort. Je sens tout à coup la langue de mon client entre mes cuisses, elle se fait dure et pointue pour parcourir mon petit bouton tendu sous le plaisir que cela me procure. Ses coups de langues s'allongent pour venir se glisser entre mes lèvres. Je décide alors de poser aussi ma langue sur lui, d'abord uniquement sur sa verge qui coule légèrement. Que j'aime le gout de ces premières perles salées. Je relève la tête et voit son ami qui n'en peut plus d'excitation.

- Tu veux partager cette douceur avec moi ? Je lui demande

Il me regarde et se lève avec envie, il vient s'agenouiller entre les cuisses de mon client, se penche et pose sa langue le long de cette queue dressée entre nous deux. Je reprends les caresses buccales de sa verge. Et à deux, nous le faisons gémir et durcir encore un peu plus. Nos langues courent sur sa belle queue que l'on ne quitte pas, nos bouches parfois se rejoignent au sommet de sa verge qui dégouline de nos salives et de ses perles. Nos bouches aspirent ses bourses, sucent sa verge, mordillent sa queue, caressent son frein, dansent sur sa collerette toute douce. La bouche de mon client ne quitte pas ma chatte qu'il suce, déguste, dévore, entre deux râles de plaisir. Mon client me pénètre alors d'un doigt. Que c'est bon ! Je lâche un instant ma douce sucette pour savourer le plaisir qui monte brutalement en moi. Un deuxième doigt le rejoint et il fait des vas et vient en moi tout en continuant d'aspirer mon clito entre ses lèvres. Ces échanges de caresses font exploser nos plaisirs et nous laissent gémissants à l'unisson. Nous le sentons de plus en plus tendu. Nous accélérons nos caresses au même rythme que je le sens me prendre de ses doigts. Un orgasme me submerge très vite et je coule sur ses doigts et dans sa bouche sous le plaisir qui explose en moi. C'est le signal qu'il attendait pour se lâcher aussi. Il jouit alors entre nos bouches, dans de longs jets puissants blancs et salés. Je me recule et laisse son ami le lécher avec gourmandise pour ne pas perdre une goutte de ce liquide précieux.

Nous nous allongeons sur le lit tous les trois et reprenons nos souffles un instant. Les respirations se calment et se font plus tranquilles. Nos mains caressent doucement le corps à côté de nous.

- Quel massage !! Me dis tu
- Il me semble que l'on a légèrement dépassé le cadre que l'on s'était fixé. Je te réponds.

Tu me regardes dans un sourire et me dit :

- Pour mon plus grand plaisir. Je dois avouer que j'ai particulièrement apprécié l'imprévu pluriel. C'est une première pour moi que je n'aurai pas imaginé et que pourtant j'ai adoré
- Je me suis laissé emporter par la scène que je voyais et le regard de ta charmante masseuse. Nous dit ton ami dans un aveu timide.

Nous nous sourions tous les trois et savourons la plénitude post-plaisir. Ton ami émet l'idée de se revoir dans un autre contexte que le massage pour nous découvrir un peu plus intimement et profondément encore. Nos sourires et nos regards complices et partagés nous donnent la réponse et nous laissent présager de futurs moments délicieux dans une recherche de plaisirs multiples.

Instagram @La_moustache_de_la_dame

Les Miroirs

Les miroirs

Je me rappelle qu'il y a 1 an nous avions rencontré notre première invitée pour une soirée libertine riche en plaisirs. Nous avions pris le temps avant de nous lancer dans cette aventure. Nous en avions beaucoup discuté tous les deux. Cette demoiselle que nous avions choisie avec attention nous avait charmés par sa douceur et son respect de notre couple. Je te regarde assis sur ton fauteuil face à moi et je vois à ton regard que tu te souviens aussi cette soirée qui a été la première d'une belle année riche en plaisirs, en sensualité, en partage. Cette année de découverte nous a rapproché encore et nous a permis de nous découvrir autrement. Elle m'a également permis de me sentir tellement plus sexy, et d'accepter mon corps dans toutes ses courbes et ses déliés.

Je te vois tout excité comme si tu me cachais quelque chose et je sens une surprise arriver. Tu viens me voir, me fais me lever du canapé et me demande de me préparer et de me faire toute sexy car tu me réserves quelque chose pour fêter cet anniversaire particulier. Tu me dis m'avoir fait couler un bain dans lequel je peux aller me relaxer. Pendant ce bain, je profite de la chaleur de l'eau, de l'odeur du bain moussant et je me rappelle notre première soirée où tu m'avais découverte dans les bras d'une femme, Tu avais découvert le plaisir que je lui procurais, le plaisir que je prenais à ses caresses, le plaisir que j'avais eu à te voir la prendre et la faire gémir sous tes coups de reins. L'eau refroidissant, je sors du bain et me sèche soigneusement puis je me passe partout sur mon corps cette crème hydratante dont tu adores l'odeur. Dans notre chambre, devant notre penderie, je réfléchis à la tenue que je vais porter ce soir. Je décide de porter mon tanga noir en dentelle transparente que tu adores. Puis je vois cette jupe noire plissée très, très courte que tu aimes beaucoup. Elle a des bretelles fines et noires pour le haut. Je décide de la porter avec uniquement le soutien-gorge noir en dentelle assorti au tanga et des bas.

Je me maquille très légèrement comme tu me l'as demandé puis je mets le collier et les boucles assorties que tu m'as offert. Je descends dans le salon te rejoindre. Je vois ton regard parcourir ma tenue. Tu es très excité par ce que tu vois. En deux grandes enjambées tu viens me rejoindre, poses un baiser sur ma bouche, me prends dans tes bras et me dis que je suis ultra sexy et que tu bandes d'avance à la soirée que tu m'as réservée. Ce mystère m'intrigue mais je te fais confiance et ne pose pas de questions. J'enfile mon grand manteau pour cacher cette tenue vraiment très sexy puis nous sortons et montons en voiture. Tu nous conduis par-delà la ville jusqu'en campagne. Nous nous arrêtons devant une villa magnifique. Tu te gares, fait le tour de la voiture pour m'ouvrir la portière. Tu me tends la main pour me faire descendre.

Nous sonnons à la porte et une jolie femme couleur ébène vient nous ouvrir. Elle est vêtue d'une longue nuisette blanche toute en dentelle transparente, fendue sur sa cuisse droite. Cette femme est magnifique et me fait mouiller instantanément. A mon grand étonnement, elle t'accueille par ton prénom. Tu me la présente, elle s'appelle Sonia. Tu lui dis que je suis ta compagne dont tu lui as parlé. Sonia me souris et demande de la suivre. Tu me fait enlever mon grand manteau, Sonia me regarde et admire ce qu'elle voit. Après un dernier baiser, tu me dis de me laisser porter par ce qui va suivre et tu file vers la pièce voisine. Sonia me prends par la main et me conduit vers une pièce où elle me fait asseoir devant une coiffeuse dont elle a caché le miroir. Elle appelle alors une de ses collègues pour venir me maquiller. Sa collègue me demande de fermer les yeux et de me laisser faire, ce que ce que j'accepte avec plaisir. Je ferme les yeux, me détend et savoure la sensation des pinceaux courant sur mon visage, sa main sous mon menton. Je sens son parfum délicieux et je suis déjà excitée à l'idée de cette soirée dont je ne sais pourtant strictement rien. Je me demande ce que tu as pu me préparer, qu'est-ce que tu vas me faire explorer. Sonia revient me chercher, elle me lève du fauteuil me conduit juste à côté derrière un paravent où elle me déshabille. Elle m'enlève ma jupe, mon soutien-gorge, mes chaussures, mes bas. Je suis là presque nue devant cette femme sublime mais je me sens en confiance. Elle m'enfile une nuisette dorée avec de la dentelle noire. Elle me laisse mon tanga qu'elle trouve très sexy. Sonia me passe des bas noirs avec un liseré derrière et un nœud rose en haut. Ses mains sont caressantes à chaque vêtement qu'elle pose sur moi. Sonia attrape un masque noir en dentelle qui était posé à côté d'elle et me le passe sur le visage.

Elle m'attrape par la main, me sourit et me fait tourner devant un miroir. Je me regarde mais ne me reconnais pas, je me trouve tellement belle, tellement sexy dans cette nuisette fluide qui épouse parfaitement mon corps et dont le tissu est d'une douceur incroyable. Ce maquillage souligne mon regard, met en valeur ma bouche. Sonia me regarde à travers le miroir et me dit que je suis belle et que je vais faire tourner beaucoup de têtes ce soir. Je suis intriguée par ce qu'elle vient de me dire. Sonia me tend sa main et me conduit à travers un détale de couloir. Elle s'arrête devant une porte. Sonia me dit que derrière celle-ci il y a une pièce octogonale entièrement tapissée de miroirs. Elle me précise que derrière chaque miroir, peut se trouver un homme, un couple ou une femme, que des voyeurs dont je serais le spectacle et la source de plaisir. Elle me précise que je ne les verrais pas et ne saurais rien d'eux. Je ne saurai pas qui est où. Sonia me demande de me laisser porter parce que j'ai envie de faire et par le plaisir que je ressentirai. Elle me dit qu'elle reste là et que s'il y avait le moindre souci, elle me sortira de cette pièce. Sachant que c'est une surprise de mon chéri et que je voulais explorer mon côté exhibitionniste, je respire un grand coup et lui dis que je suis prête. Sonia ouvre la porte, pose un baiser d'encouragement sur ma joue et j'entre dans cette pièce.

Sonia me regarde une dernière fois avec un sourire puis referme la porte. Je regarde alors cette pièce octogonale. Elle est tapissée de 8 immenses miroirs qui me reflètent à l'infini. L'éclairage est tamisé et doux. La pièce est silencieuse. Je regarde un à un chaque miroir et j'imagine que mon homme est là, quelque part derrière et que des gens sont derrière les autres miroirs. Puis une musique se fait entendre. Elle est douce, sensuelle, envoutante. Je me laisse bercer par celle-ci et je commence à bouger mon corps au rythme de la musique. Je décide de me laisser aller et de profiter de ce moment unique que mon homme me permet de vivre. Je ferme les yeux un instant, me laisse porter par la musique, laisse mon corps onduler et répondre à cette musique.

La musique m'emporte alors et j'ai envie de me faire plus gourmande, plus sensuelle, plus douce, plus féline aussi. Je pense à ce public qui est derrière et qui me regarde et je veux qu'ils en aient pour leurs plaisirs. Je veux vous rendre dingue, toi et tous les autres. Je m'approche alors d'un miroir et me caresse tout près, mes yeux rivés au miroir. Je caresse mes seins à travers la nuisette, je les fait pointer. Je m'approche d'un autre miroir me caresse l'entrejambe. Devant le troisième miroir, je me tourne et présente mon dos au miroir. J'imagine qu'il y a un homme derrière qui s'approche de la vitre pour me lécher le dos. Près d'un autre miroir, je fais descendre une bretelle, caresse le galbe de mon sein droit, mon aréole, je sors ce sein de ma nuisette et je le tends au miroir. Tout en le caressant je fais quelques pas et me poste devant un autre miroir.

Je pose mes mains à plat sur le miroir et danse les seins collés contre cette paroi fraiche. J'ondule mon corps de manière lascive. Je retourne au milieu de la pièce où je fais tomber la deuxième bretelle de ma nuisette. Je caresse mon sein qui était resté à l'intérieur du tissu. Je le fais sortir, j'ai mes deux seins qui dépassent de la nuisette. Je les caresse, les câline, tire un peu leurs pointes. Les bretelles de la nuisette sont pour le moment au niveau de mes coudes, je baisse les bras et la nuisette descend le long de mon corps, le tissu frais frôle mes jambes et j'aime cette sensation. Je me retrouve au milieu de la pièce seulement vêtue de mon tanga et des bas. Je me caresse. Mes mains parcourent mon corps, parcourent mes seins, les tirent. Je sens le plaisir monter. La musique m'emporte. Je me caresse les cuisses, mes mains viennent sur le côté, sur l'intérieur de mon entre-jambe. Je passe un doigt dans la couture de mon tanga. Je me penche un peu en avant et fais descendre mon tanga en présentant mon cul à plusieurs miroirs. Je lève mes pieds pour enlever mon tanga que je respire avant de le balancer vers un des miroirs.

Je me relève puis je commence à caresser ma petite chatte. Je sens sous mes doigts mon clito qui est déjà gonflé de plaisir, gonflé par ce qui se passe. Les caresses sur mon clito me font beaucoup de bien, des gémissements m'échappent mais ils sont couverts par la musique qui se fait plus intense, plus sensuelle, plus envoûtante encore. Un doigt glisse dans la fente entre mes lèvres, je commence à caresser mes lèvres. Je les sens déjà toutes humides. Je m'approche alors d'un miroir, mon regard rivé sur ce miroir, je lui présente mon doigt imbibé de mon plaisir, je le fait courir sur tout le miroir. J'imagine la personne derrière qui vient lécher ce miroir pour essayer de me goûter.

Je m'approche d'un autre miroir, me caresse à nouveau les lèvres avec deux doigts puis je les porte à ma bouche. Je les suce doucement, lentement et j'imagine un homme derrière ce miroir en train de se branler fortement à la vue de ce spectacle. J'aime jouer avec tous les miroirs, avec tous ces inconnus qui sont derrière. Devant un autre miroir je me tourne pour lui présenter mon cul, j'écarte légèrement mes fesses. J'imagine les personnes derrière qui profitent de la vue et sont excitées. Peut-être un homme qui s'imagine me prendre ainsi, peut-être une femme s'imaginant me lécher.

Je retourne au centre de la pièce et je me caresse plus fort, encore plus fort. J'entre dans la chaleur de ma chatte toute ouverte un doigt, je gémis, 2 doigts, je gémis plus fort puis 3 doigts en moi. J'ai la tête renversée. La musique s'est faite encore plus envoutante. Mon autre main est sur un de mes tétons que je caresse et que je pince. Le plaisir monte en moi et m'envahie de plus en plus. Je ne contrôle plus rien, je me laisse juste emporter par les sensations de mon corps qui vibre et qui réclame son plaisir encore et encore. J'imagine tous ces regards derrière ces miroirs. J'imagine les gens qui se caressent et se donnent du plaisir par mon spectacle. Ici un homme qui se branle très fort jusqu'à jouir, ici une femme collée au miroir et prise par un homme et je t'imagine toi excité par le spectacle que je te donne. La musique m'accompagne et guide l'intensité de mes mouvements.

Je fais entrer un quatrième doigt en moi, mon pouce sur mon clito dur de plaisir. Ma deuxième main sur mon autre sein que je caresse et tire. Et je jouis, je jouis, je jouis tellement. Je me sens couler entre mes doigts. Le plaisir intense que j'éprouve me fait frissonner, m'exalte il me rend complètement dingue. Je tombe à genoux au milieu de la pièce et je sens en moi une nouvelle onde de plaisir monter. Je me branle à nouveau un peu plus fort et tire encore plus fort le téton de mon sein. Un deuxième orgasme arrive aussitôt et j'accélère le mouvement. Je gémis, je crie, je ne suis plus que plaisirs et sensations intenses. Et dans un dernier râle, je jouis intensément au moment où la musique vibre le plus fort.

Je suis là au milieu de la pièce complètement vidée par ce plaisir que j'ai pris. Je frissonne. La porte s'ouvre, Sonia entre dans la pièce et m'aide à me relever et à sortir de cette pièce que je quitte avec tout le plaisir que j'ai pu y prendre. Sonia me conduis à nouveau à travers le dédale de couloirs. Elle me dit que j'ai été magnifique, qu'elle m'a trouvée sublime et que j'ai procuré beaucoup de plaisirs à mes spectateurs. Je vois à son regard, qu'elle a fait partie de mes spectateurs. Elle me reconduit vers la pièce où elle m'a changée en arrivant. Et tu es là, tu m'attends et je vois à ton regard que tu as beaucoup aimé le show.

Tu m'ouvres grand tes bras et je cours m'y réfugier. Tu me câlines et me murmure à l'oreille combien tu es fier de moi, fier que je me sois lâchée, que j'ai profité de ce moment et que j'y ai pris tellement de plaisir. Tu me dis avoir été excité de t'imaginer tous ces gens qui pouvaient me regarder et se caresser sur moi et jouir sur le plaisir que je leur donnais. Tu me dis comme tu m'as trouvé belle, sensuelle, désirable et tu me dis à quel point depuis un an notre vie est devenue folle et riche et à quel point tu es encore plus amoureux de moi. Je te remercie de ce moment que je n'aurais jamais osé faire seule. Je suis fière de l'avoir vécu pleinement et de m'être sentie si belle et si désirable. Je te remercie d'être si attentif à mes désirs et fantasmes. Sonia m'aide à enfiler ma tenue que j'avais en arrivant. Avant de partir, elle me donne le masque en souvenir et me dit que je suis la bienvenue si je souhaite renouveler l'expérience où découvrir et accomplir d'autres fantasmes. Elle me dit dans un sourire sublime, qu'elle sera mon entière disposition et m'aidera avec plaisir. Je sens toute la gourmandise qu'il y a derrière ces mots. Nous sortons et l'air frais me fait du bien. Nous regagnons notre voiture, tu nous conduis pour rentrer jusqu'à chez nous. Dans la voiture, tu ne peux t'empêcher d'écarter mon manteau pour découvrir mes cuisses gainées de mes bas. Je sens à quel point tu es excité. Je te dis avoir hâte de la deuxième partie de la soirée car j'ai l'intention de te remercier de ce que tu m'as permis de vivre. Nous arrivons chez nous tu m'aides à retirer mon grand manteau. Je me retrouve face à toi juste avec ma petite jupe à bretelle. Je m'assieds sur le canapé pendant que tu nous sers un verre de vin. Tu me rejoints. Nous en buvons une gorgée, les yeux pleins de désirs plongés l'un dans l'autre. Je te retire ton verre, viens m'asseoir à califourchon sur toi. Je te rappelle que je ne porte plus mon tanga qui est resté au sol de cette pièce. Je te sens durcir instantanément. Je bois une gorgée de mon verre avant de le poser et de te donner un baiser au goût de vin.

Une nouvelle onde de plaisir va nous envahir, mais cette fois c'est juste toi, moi et nos deux corps qui vont danser ensemble, se câliner, se retrouver, jouir et se donner beaucoup de plaisir jusque tard dans la nuit.

© 2021, Miss de Hénelle

Édition: BoD – Books on Demand

12/14 rond-point des Champs-Élysées, 75008 Paris.

Impression: BoD- Books on Demand, Norderstedt, Allemagne

ISBN : 9782322402021

Dépôt légal : Novembre 2021